EVERESET

Berlin 2010

Servet Keskin

ORHAN KEMAL

Asıl adı Mehmet Raşit Öğütçü olan Orhan Kemal, 15 Eylül 1914'te Adana'nın Ceyhan ilçesinde doğdu. Babası ilk TBMM'de milletvekilliği ve Adalet Bakanlığı yapmış olan Abdülkadir Kemali Bey'dir. Adana'da *Ahali Cumhuriyet Fırkası*'nın kurucusu olan Abdülkadir Kemali Bey daha sonra partisinin kapatılması üzerine ailesiyle birlikte Beyrut'a yerleşti ve Orhan Kemal bu dönemde orta son sınıftaki eğitimini yarıda bıraktı. 1932'de Türkiye'ye geri döndükten sonra, çırçır fabrikalarında işçilik, dokumacılık ve ambar memurluğu yapan Orhan Kemal 1937 yılında evlendi. 1938 yılında, Niğde'de askerlik görevini yaparken Ceza Yasası'nın 94. maddesine muhalefetten yargılanarak beş yıl hüküm giydi. 1940 yılında Bursa Cezaevi'nde Nâzım Hikmet'le tanışması sanat yaşamının önemli dönüm noktalarından biri oldu. 26 Eylül 1943'te serbest kalan Orhan Kemal 1951 yılında İstanbul'a yerleşti. Bu dönemden itibaren geçimini yazarlıkla sağlayan Orhan Kemal, 1966 yılında bir ihbar nedeniyle yeniden tutuklanarak Sultanahmet Cezaevi'ne gönderildi. Otuz beş gün sonra salıverildi. 1968 yılında bu davadan beraat ettikten iki yıl sonra 2 Haziran 1970'te davetli olarak gittiği Sofya'da öldü. İlk şiirlerini Raşit Kemali adıyla *Yedigün*, *Yeni Mecmua* gibi dergilerde yayımlayan Orhan Kemal, Nâzım Hikmet'in etkisiyle düzyazıya yöneldi. İlk düzyazısı *Balık* adıyla 1940 yılında *Yeni Edebiyat* gazetesinde yayımlandı. İlk öykülerini ise 1942 ve 43 yıllarında *İkdam* ile *Yurt ve Dünya* dergilerinde yayımlayan Orhan Kemal daha sonra *Varlık*, *Gün*, *Yığın*, *Seçilmiş Hikâyeler*, *Yaprak*, *Yeni Başdan*, *Yeditepe*, *Beraber* gibi dergilerde de yer alırken birçok romanı da *Vatan*, *Dünya*, *Ulus*, *Son Havadis* ve *Cumhuriyet* gazeteleri tarafından tefrika edildi. *Kardeş Payı* ile 1958 yılında Sait Faik Hikâye Armağanı'nı kazanan Orhan Kemal, *Önce Ekmek* ile de 1968 yılında Sait Faik Hikâye Armağanı'nı ve 1969'da TDK Öykü Ödülü'nü kazandı. *72. Koğuş*, *Murtaza*, *Eskici Dükkânı*, *Kardeş Payı* ve *İspinozlar* (Yalova Kaymakamı) adlı yapıtlarını oyunlaştırdı. *72. Koğuş* ile 1967 yılında Ankara Sanatseverler Derneği tarafından en iyi oyun yazarı seçildi. Orhan Kemal'in ailesi tarafından 1972 yılından beri yazarın ölüm yıldönümünde verilmek üzere Orhan Kemal Roman Armağanı düzenlenmektedir. Yapıtları: *Murtaza*, *El Kızı*, *Yalancı Dünya*, *Sokakların Çocuğu*, *Müfettişler Müfettişi*, *Üçkâğıtçı*, *Ekmek Kavgası*, *72. Koğuş*, *Eskici ve Oğulları*, *Cemile*, *Nâzım Hikmet'le Üç Buçuk Yıl*, *Bereketli Topraklar Üzerinde*, *Sokaklardan Bir Kız*, *Vukuat Var*, *Hanımın Çiftliği*, *Suçlu*, *Dünya Evi*, *Kötü Yol*, *Yağmur Yüklü Bulutlar*, *Kırmızı Küpeler / Babil Kulesi*, *Oyuncu Kadın*, *Grev*, *Serseri Milyoner*, *Gurbet Kuşları*, *Evlerden Biri*, *Kaçak*, *Kanlı Topraklar*, *Arkadaş Islıkları*, *Devlet Kuşu*, *Bir Filiz Vardı*, *Avare Yıllar*, *Sarhoşlar*, *Baba Evi*, *Çamaşırcının Kızı*, *Önce Ekmek*, *Tersine Dünya*, *İstanbul'dan Çizgiler*, *Oyunlar 1-2*, *Yazmak Doludizgin* (Günlükler-Şiirler), *Senaryo Tekniği ve Senaryolar*, *Önemli Not!* (Düzyazılar).

CEMİLE

Orhan Kemal

§

Türkçe Edebiyat **195**

Cemile
Orhan Kemal

Yayına hazırlayan: Çiğdem Su
Kapak tasarım: Utku Lomlu
Arka kapak fotoğrafı: Ara Güler
Mizanpaj: Bahar Kuru

1-5. Basım: 1952-1975, Varlık Yayınevi
6-11. Basım: 1980-2001, Tekin Yayınevi
12-16. Basım: 2004-2007, Epsilon Yayınları
17. Basım: Kasım 2008, Everest Yayınları
18. Basım: Ekim 2009, Everest Yayınları

ISBN: 978 - 975 - 289 - 553 - 9
Sertifika No: 10905

Orhan Kemal Müzesi
Akarsu Caddesi No: 30 Cihangir/İSTANBUL
Tel: (0212) 292 92 45 Fax: (0212) 243 67 82
E-mail: info@orhankemal.org
www.orhankemal.org

Baskı ve Cilt: Melisa Matbaacılık

Tel: (0212) 674 97 23 Fax: (0212) 674 97 29

EVEREST YAYINLARI
Ticarethane Sokak No: 53 Cağaloğlu/İSTANBUL
Tel: (0212) 513 34 20-21 Fax: (0212) 512 33 76
Genel Dağıtım: Alfa, Tel: (0212) 511 53 03 Fax: (0212) 519 33 00
e-posta: everest@alfakitap.com
www.everestyayinlari.com

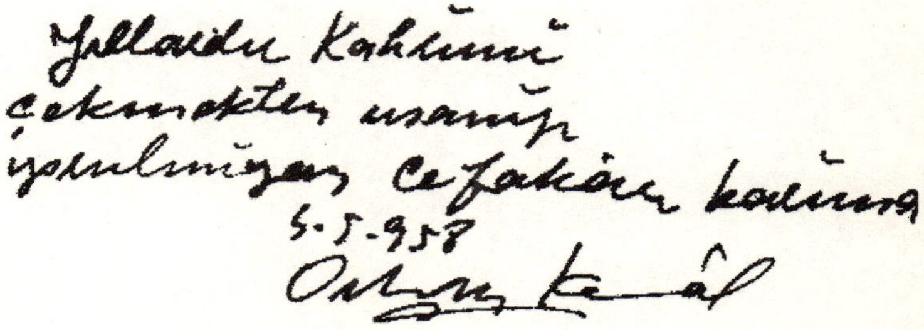

“Yıllardır kahrımı çekmekten usanıp yorulmayan, cefakâr karıma...”

4.5.958
Orhan Kemal

CEMİLE

1

1934 yılı Eylül sonlarının berrak bir gecesiydi.

Kuvvetli ayın altında bembeyaz pamuk tarlaları göz alabildiğine uzanıyor, köyleri şehre bağlayan tozlu yollarda kütlü denilen, tohumlu pamuk hararları yüklü Doçlar, Şevroleler, Fordlar, yağsız tekerleklerinin gıcırtısı aydınlık geceyi dolduran öküz, camız arabaları, İnegöl çift atlıları, yüklü deve dizileri şehre akıyordu.

Deveci Çopur Halil, dokuz deveyi çekmekte olan eşeğinden yere atladı, kara donunun cebinden Serkdoryan sigara paketini çıkardı, bir sigara yaktıktan sonra çöpü baş ve şahadetparmaklarıyla kırıp fırlattı.

Yusyuvarlak ay ta yukardaydı.

Yol boyunca uzanan meşeliğin hemen gerisinde tok bir çakal, hazdan gerilmiş sırtıyla yumuşak toprakta debelenmekte, arada şehvete gelerek, ince ve bembeyaz dişleriyle aya doğru pavkırmaktaydı.

Çakal tekrar pavkırınca, uzaklarda bir köpek gürler gibi sesiyle havlamaya başladı. Bunun üzerine sağdan soldan, inceli kalınlı köpek sesleri çoğaldı. Çakal dikkat kesilmişti. Böcek çıtırtıları yüklü geceyi huzursuzlukla dinledi.

Tam bu sırada esen nemli bir rüzgâr, Deveci Çopur Halil'i içten içe titretmişti ki, karşıda, ta karşıdaki kalabalık meşeliğin hemen gerisinden kalkan dört insan karaltısına dikkat etti. Karaltılardan üçü ayrı yönlerde kaybolurken, dördüncü karaltı yola indi, bir sigara yaktı.

Şehir uzaklarda bir çizgi, ışıktan bir çizgi gibi gözükmekteydi. Klevland pamuğunun devşirildiği bu mevsimde tarlalar insan dolu olduğu için, Deveci Çopur Halil aldırış etmediyse de, geçenlerde şehrin burnunun dibinde çevrilip soyulan otomobili hatırlayarak, eli kara donunun sağ cebindeki parlak demirli sustalısına gitti.

Yolun kenarındaki adamın hizasına gelince, "Selamünaleyküm!" dedi.

Kasketi ensesine yıkılı adamın yüzü pek belli olmuyordu. Makinist kılıklı, uzun boylu, zayıf biriydi. "Aleykümselam Halil Ağa!" cevabını verince, Deveci Çopur Halil durdu, eğildi, adamın yüzünü görmeye çalıştı.

Beriki, "Ne o," dedi, "tanıyamadın mı ne?" Sivri çeneli, uzunca bir yüzdü.

Sesten alan Deveci Çopur Halil, "Vay," dedi. "İzzet Usta'ymış! Ben de belledim ki..."

Diğeri güldü. "Ne belledin? Eşkıya mı?"

"Olur olur..."

"Olsa n'apardın?"

Parlak demirli sustalısını şakırtıyla açan Deveci Çopur Halil:

"Habibini şaşırırdım!"

Gülüştüler. Deveci Çopur Halil, "Bu saatte buralarda ne arıyon?" diye sordu.

"Hiç... Şu karşı çiftliğin bozuk Hanomağını tamir ettim, piston rektifiyesi."

"Niye? Fabrikadan ayrıldın mı?"

"Ayrıldım. Var bir yirmi gün..."

"Demek ayrıldın?"

"Ayrıldım..."

"Şimdi ne iş görüyon?"

"Henüz belli bir işim yok. Şurda burda çalışıyorum."

"Gündeliği doğrultuyorsun ya?"

"Eh, doğruluyor demektir."

"Sen işsiz kalman canım, kurt gibi adamsın."

"Belli olmaz."

"Ne belli olmazı yahu. Geçen gün bir yerde konuşuluyordu, senden laf açıldı, bu Çukurova'da üstüne zor bulunur dediler!"

"..."

"Senin Köroğlu da çalışıyor mu?"

"Çalışıyor."

"Hastalığı n'oldu?"

"Bildiğin gibi."

"Yahu sen akıllı adamsın... Hasta avrat, hasta hasta çalıştırılır mı?"

"Beni dinlediği var mı ki. Evde bunalıyorum diyor, öleceksem makinemin başında öleyim diyor."

"Ne avrat be! Demek öyle diyor... Hadi gidek, ne bekliyon?"

"Şimdi bir kamyon gelir nerdeyse."

Deveci Çopur Halil sövdü.

İzzet Usta, "Makineye sövme, faydası yok!" dedi.

Deveci Çopur Halil bu sefer hem kamyona, hem de kamyonu icat edene, kamyonu memlekete sokana, kamyonla iş görene, gördürene uzun uzun sövdükten sonra, "Ben her yıl bu vakıtlar paraynan oynardım! Bu cenabetler memlekete girdi gireli bizim rızkların yönü değişti," dedi.

Anlayışlı anlayışlı gülümseyen İzzet Usta:

"Sat develerini, bir kamyon da sen uydur!"

"Tövbe de... Baba, dede, ata yadigârı, peygamber yaratığı onlar. Günah değil mi? Sen ona buna boş ver de, şu Boşnak kızından haber ver bana. Gene o avluda mı oturuyorsunuz?"

"Evet..."

"Kapı komşu musunuz gene?"

"Kapı komşuyuz."

"Kırk yılda bir işimiz düştü, boş verdin bre usta. Halbuki babasıynan aran iyi!"

"Sen bunu zaman zaman tekrarlar durursun Halil, ille beni gördün mü aklına gelir."

"Kim?"

"Kız..."

"Gece düşümde, gündüz hayalimde vallaha... Her an aklımda... Allah'ın emri, peygamberin kavli üzere, kendime aile yapacağım..."

"Kızın gönlü yok!"

"Sen babasının gönlünü ettikten sonra kızın esamisi mi okunur bre usta?"

"İşte bunda yanıldın."

"Niye?

"Senin bildiğin babalardan değil ki bu. Kızını gözünden ziyade sever. Sonra o adamın kafası başka... Yerliye kız vermez. Çocuklarını toplayıp Çukurova'dan savuşmak istiyor."

"Savuşup da n'olacak?"

"Beş on dönüm tarlası varmış, zamanında hükümet vermiş. İşleyecek."

"Beş on dönümnen iş mi olur? Tövbe geçinemez."

"Eee... Uzun ettin amma. Sonra biliyorsun, kız başkasını seviyor."

"Kâtibi değil mi? Otuz kâğıt aylıknan avrat mı sevilir? Bana varsın, gözümün yağını yesin! Boynunu boğazını beşibirliknen, kollarını altın burmaynan doldurim!"

"Kızın böyle şeylerde gözü yok. İstese, senin yapacağının on mislini yapacaklar var. Amma istemiyor."

"... Develerimi satar, uğruna harcardım tekmil... Feda olsun."

"..."

"... Kollarını altın burmaynan doldururum, küpe alırım kendine, beşibirlik alırım."

"..."

"Ben onu Allah'ın emriynen kendime aile yapacam, kapatma değil ya."

"Boş laflar Halil. Olmayacak şey, boşuna nefesini tüketme. Kız kâtibi seviyor diyorum, sen hâlâ..."

"Otuz kâğıt aylıknan avrat mı sevilirmiş?"

"Fazla gelmeye başladın amma..."

Birdenbire sinirlenen Deveci Çopur Halil, "Ne fazla gelecekmişim,"dedi, "bir gün dayarım tomafili..."

"Eeee?"

"Attığım gibi yallah..."

İzzet Usta cevap vermedi.

Deveci Çopur Halil develerinin önüne düştü, eşeğine atladı.

"Çööööh..."

İzzet Usta da bir sigara yaktı.

2

Devrini tamamlayan ay silinmişti.

Ulucami'de sabah ezanı okunmaktaydı.

Şehrin hareketsiz, ağır ve eski sokakları, yabancıya ortaçağı hatırlatarak ağarırken, bir kapı usullacık açılıp kapandı, sonra bir başka kapı, daha sonra bir başkası... Allah'a ibadete koşuşan Müslüman gölgeler peydahlandı duvarlarda.

Boğula boğula öksürüp, yere ağız dolusu bir balgam tükü-ren ihtiyar bir Müslüman'ın birdenbire, "Allah... Cellecelâle-hu!" diyen sesi işitildi.

Bu sırada Deveci Çopur Halil'in deve dizisi, caminin arkasındaki karanlık sokağa girmekteydi.

3

Fabrikanın kurşuni boyalı demir kapısı önünden üçe ayrılarak her biri bir başka mahalleye giden yollar öküz, camız arabaları, İnegöl çift atlıları, boy boy, renk renk kamyonlar ve yüklü deve dizileriyle doluydu. Geçit vermeyecek şekilde tıkalı üç yol, fabrika kapısında birleşip kalın bir kol hâlinde içeri giriyor, "Malzeme Yedek Ambarı"nı sağına, demirhaneyi soluna alıp, tohumlu pamukların tohumundan ayrılma işinin görüldüğü "Çırçır Dairesi"nin de önünden geçerek, fabrikanın arka mağazalarında yan yana üç kantarın oraya uzanıyordu.

Üç kantarda üç kâtip, fabrikaca satın alınan tohumlu pamukları tartıp teslim almaktaydılar.

Ortalıkta keskin bir mayıs* kokusu vardı. Öküz, camız böğürtüleri, hamalların yaygarası, telaş, toz ter... Kâtiplerden biri saatine baktı; "Altıya geliyor!" dedi.

Sonra haber verdi: "Saat altıya geliyor milleet!"

Fabrika sahibi ekseriya altıda, pek pek altıyı çeyrek geçe fabrikaya gelirdi.

Kantar şakırtıları arttı, terli hamalların koşuşması hızlandı.

* Taze sığır gübresi.

4

Bu saatte değişecek yedek, yani vardiya olmadığından, işçi mahallesi uyuyordu. Çürümüş tahta, paslı teneke ve kerpiç yığınlarından ibaret evleriyle işçi mahallesi sanki bir seldi, bir seldi de bu sel, uzak, çok uzaklardan yuvarlana yuvarlana, köpüre köpüre, korkunç anaforlar yapa yapa gelmiş, yıllardan beri mahallenin nabzı gibi atan fabrikanın ağır, beyaz taşlarla örülü, kalın, sağlam ve yüksek dört duvarına dört yandan yüklenmiş, ama duvarları aşamadan, takılmış kalmıştı.

Evler... Yan yatmış, diz çökmüş, bağdaş kurmuş, kapaklanmış, yahut tam yuvarlanacakken tutunuvermiş evler, işçi evleri.

Bu evlerin çürük kapıları arada açılıyor, ya dal gibi bir kız, bir kadın, yahut kocaman takunyalarıyla küçücük bir çocuk, uyku dolu gözleriyle çıkıyor, fabrika kapısındaki "Fabrika Memur ve İşçileri Mahdut Mesuliyetli İstihlak Kooperatifi'nin bakkalından içeri giriyordu.

Fabrika baş makinistinin babası olan kıpkırmızı ablak yüzlü, ihtiyar bakkal, tezgâhına dayanmış, gümüş çerçeveli oval gözlüğünün üstünden bakarak, Deveci Çopur Halil'le çene çalıyordu.

Bir ara, "Aha," dedi, "seninkinin avradı geldi."

Deveci Çopur Halil döndü, baktı. Uzun boylu, sapsarı, bir deri bir kemik kadın. Elinde siyah bir zeytinyağı şişesi tutmaktaydı.

Deveci Çopur Halil sordu:

"Sen İzzet Usta'nın avradı mısın bacı?"

Yorgun gözlerini Deveci Çopur Halil'e çeviren kadın başını salladı.

Beriki, "Hastasın galiba? Allah iyilik versin," dedi.

"Hasta mıyım, sağ mıyım bildiğim var mı ki..."

"İyi olur bacı, iyi olur inşallah. Allah'tan ümit kesilmez!"

"Amaaan. İyi olsam ne ki, bundan sonra it olup kuyruk mu sallayacağım?"

Şişesini bakkalın tezgâhına bıraktı.

"Şuna on iki buçukluk zeytinyağı koy bakalım."

Deveci Çopur Halil, "Kocanı yolda gördüm," dedi, "bir patoz tamir etmiş. İyi bir para geçer elinize gayri."

Kadın, "Elimize ne geçer bilmem," dedi, "gitmeye gitti."

"Geçer geçer... Koskoca usta yahu..."

"İnşallah..."

Çırağın uzattığı şişeyi aldı. "Yaz duvara, kalsın bahara!"

Çıktı gitti.

Veresiye defterine borcu kaydettikten sonra bakkal, "Ustalığına diyecek yok amma, sebatsız," dedi. "Yoksa bu Çukurova'da az bulunur... Üç gün orada, beş gün ötede..."

"Bir insan bir yerde sebat etmeli! Şu Boşnak kızını sordum, madem bir avluda oturuyorsunuz, kapı komşusunuz, babasını gör, şu işimi bitir, dedim."

"Ne dedi?"

"Kâtibi seviyor diyor... Otuz kâğıt maaşnan avrat mı sevilir? Kollarını altın burmaynan doldururum, gözümün yağını yesin dedim... Sonra dedim ki, şehirde konak bile tutarım kendine, dedim, develerimi satar, uğruna harcarım dedim... Hemi de satarım emmi! Kızın babası aksiymiş. Doğru mu?"

"Hangi kızın?"

"Boşnak kızının..."

"Cemile'nin mi?"

"Heye..."

"Aksi olup da canım. Anayı kızdan ayıran para... Lakin kız bildiğin gibi değil. Kabadayı. Ardında da fırlananlar çok ya, dönüp bakmıyor."

"Kâtip nasıl?"

"Kâtip de eyi oğlan, saygılı. Zorlu da içki içer hani. Benim şu mahzene girer, pencerenin önüne oturur, saçları maçları da tarar mı sana..."

"Otuz kâğıtnan avrat mı sevilir?"

"Neye sevilmesin? İki gönül bir olduktan sonra samanlık seyran olur derler bre oğlum."

"Bu kız kısmının da işine akıl sır ermez... Bir heye dise yani... Kollarını altın burmaynan doldururum!"

"Yok mu içerde bir tanıdığın?"

"Nerde?"

"İplikhanede. Ver eline birkaç kuruş..."

"Var. Senin Camgöz'ün teyzesinin kızı var, Karakız..."

"Daha eyi methettin ya. Karakız'ın ustalığı ne ki?"

"O değilden açmış meseleyi, ağzını mağzını aramış bir iki. Lakin şu kâtip olmasa..."

"Demek kız da onu seviyor?"

"Sevse ki ne yahu. Otuz kâğıtnan avrat mı sevilir bre Mamıd Emmi? Yarın evlenseler mesela, avrat tuz dedi mi, ciğeri cız der! Hele bir iki de çocukları oldu mu, bırak... Halbuki beni sevse..."

"Karakız, dediklerinin hepsini söylemiş mi?"

"Söylemiş söylemeye ya..."

"Ee?"

"Deli kafa. Bana böyle şeyler söyleme, seni idareye şikâyet ederim demiş."

"Öyleyse mesele kalmamış. Sen de elini yıka."

"Otuz kâğıtnan avrat mı sevilir? Nerden baksan bir kâtip parçası... Halbuki beni bir sevse..."

Bakkal, "Ahmet!" diye çırağına seslendi. "Kaldır şu kepenkleri."

Çırak, dükkânın yarı inik kepenklerini tam kaldırmıştı ki, ağa kooperatif berberinin yanındaki köşeden çıktı. Geniş kenarlı hasır şapkası altında pörsük yanakları, sarkık alt dudağı, göğsünden başlayan kocaman karnı ve ince bacaklarıyla yan yan yürüyor, bir ördeği hatırlatıyordu.

Çukurova'ya yarım pabuçları, kulaklarına geçmiş yağlı fesi ile ırgatlık için geldiğini, Mahmutpaşa Hanı'nın kapısında, çapaklı gözleriyle bütün gün dikilip, dağ köylülerinin getireceği tabaklanmamış tavşan derisi beklediğini, derileri tabaklayıp sattığını, kazandığı üç beş kuruşa düğüm üstüne düğüm attığını, ekmek peynir, ekmek turşu, ekmek kara zeytin yahut kaynamış kimyonlu nohutla gününü gün ederek santimle yaşadığını herkes bilirdi.

Ağanın geldiğini gören Boşnak kapıcı, mahalle bekçilerininkine benzeyen elbisesinin ceketini yanlara çekti, kendine çekidüzen verip, ellerindeki çanaklara yerlerden hayvan pisliği toplamak için itişen yalınayak çocukları kovaladıktan sonra, esas vaziyete geçti ve fabrika kapısının arkasındaki kulübesinin önünde put kesildi.

Ağa bütün bunların farkında bile değildi. Kütlü hararları yüklü araba, kamyon ve deve dizilerinin tıkadığı yolları çatık kaşlarla gözden geçirerek, "Ne demiye birikmiş bunnar?" diye sordu. "Yolları tekmil kitlemişler! Kâtipler dartmıyor mu?"

Kantar başındaki üç kâtibin bütün gece yarışırcasına iş gördüklerini bildiği hâlde, gene de sormuştu.

Kapıcının vereceği cevabı beklemeden, fabrikaya girdi, odasına geldi. Şapkasıyla ceketini çıkarıp odacısına verdi, her sabah fabrika içlerini kontrole giderken giydiği uzun, beyaz iş gömleğini sırtına, lacivert beresini de tüysüz fakat kuvvetli başına geçirdi; her günkü gibi, fabrika içlerini kontrole çıktı.

5

Kütlü denilen tohumlu pamuğun çırçırlandığı, yani tohumlu pamuğun tohumundan ayrılma işinin yapıldığı çırçır dairesine, tahtaları basıla basıla yenmiş, çürük, su gibi sallanan bir merdivenle çıkılıyordu.

Kâtip, tohumdan ayrılmış pamuk balyalarını tartıyor, Deveci Çopur Halil de bacak bacak üstüne atmış, odada sigara içiyordu.

Ağanın aklı gitti. Zaten kâtip de işi bırakmış, ağanın yanına koşmuştu.

Birlikte merdivenleri çıkarlarken ağa birdenbire durdu, peşi sıra gelmekte olan kâtibe, "Gözlerine barnaklarımı daktığım gibi ikiciğini birden alırım, kosnük!"dedi, "palikemi mi yakdıracan? Ne dimeye söylemiyon palike içinde cuvara içmenin yassah olduğunu?"

Altmışlık bir Selanikli olan kâtip sarsıldı.

"Söyledim," dedi, "vallaha, billaha söyledim!"

"Söyledin de ne dimeye söndürmedi?"

"?.."

"... Ağasının hatırı kalır diye mi korhtun? Kalsın... Beni alakedar itmez... Get, söyle usulüynen, söndürsün cuvarasını!"

Odasına öfkeyle dönen kâtip sertçe söylendi:

"Arkadaş söndür cigaranı!"

Deveci Çopur Halil, "Tadını kaçırdın be!" dedi. "Deminden beri söndür söndür... İki fırrık kaldı şurda zati.."

"İki fırrık miki fırrık bilmem, söndür... Ağa demediğini komadı bana... Ne mecburiyetim var el için laf işitmeye?"

"Ağa bana bir şey dimez, ben ayrıyım!"

"Burası fabrika.. Burada hiç kimse ayrı değil... Söndür cigaranı! Hadi... Bak her taraf pamuk dolu. Bir kıvılcım, tamam. Söndür, söndür yahu!"

Kâtibe ters ters bakan Deveci Çopur Halil yere attığı sigarasının dibini ayakkabısının ucuyla ezdi. Bunu bir yenilgi saymıştı. Şalvarının cebinden çıkardığı iri taneli, sarı kehribar tespihini şakırdatarak çekmeye başladı. Öfkesi gittikçe artıyordu. Kâtibe göz ucuyla baktı.

"Yer yer olmalı ki," diye söylendi.

Balyacıların kantara koydukları pamuk balyalarını tartıp numaralarıyla kilolarını önündeki deftere kaydetmekte olan kâtip, gözlüğünün üstünden Deveci Çopur Halil'e baktı, lahavle çekti.

Deveci Çopur Halil, "Ne lahavle çekiyorsun lan?" diye horozlandı.

Kâtip, "Ben lan değilim," dedi, "efendiyim ben!"

"Suratından belli..."

"Belli tabii..."

"Kes lan! Şimdi efendinin de, beyinin de anasından avradından çektirtirsin ha!"

Gözlüğünü çıkarıp masasının üzerine hırsla bırakan kâtip, kalktı devecinin karşısına dikildi.

"Çek bakalım hadi!"

Deveci Çopur Halil de kalktı, tespihini şalvarının cebine koydu.

"Kaçtan aşağı olmaz yani?"

Kâtibi göğsünden şöyle bir itti.

Birkaç adım gerileyen kâtip, "Kaçtan aşağı dersen o kadar ulan. Varsa bir marifetin göster!" dedi.

Deveci Çopur Halil'i itmek istedi.

Kâtibin eline sertçe vuran Deveci: "Biçimli otur, bak, öfelerim ha!"

İtişmeye başladılar. O onu itti, o onu. Sonra birdenbire karakucak oldular. Deveci Çopur Halil, ihtiyar kâtibi bir savuruşta masasına fırlatmıştı ki, yetişen hamallar araya girdiler, Deveci Çopur Halil'i dışarı çıkardılar.

Eli ayağı zangır zangır titreyen kâtip kükrüyordu. Bas bas bağırarak odasının kapısını çarptı, arkasından sürgüledi.

Deveci Çopur Halil'se hamalların arasında, "Birazdan," diyordu, "birazdan isterim bunları. Eğer bunu senin kesene korsam bu bıyıklar anamın..."

Bir bardak su içen kâtip, masasının başına geçmişti. Titreyen eline kopya kalemini aldı, gözlüğünü gözüne taktı.

Deveci Çopur Halil hâlâ sövüp sayıyordu.

Kantara konulan balyayı alışkın elleriyle tartıveren kâtip, hiç de lüzum yokken, "Yüz on kaldır!" diye balyanın kilosunu seslendi.

Kendisine cevap vermeye tenezzül edilmediğini sanan Deveci Çopur Halil gene sövdü.

Aynı hareketi bu sefer mahsustan tekrarlayan kâtip, "Yüz sekiz, kaldır!" diye bağırdı.

Deveci Çopur Halil çıldıracak hâle gelmişti.

"Ulan senin İsa'nı, Musa'nı, yedi göbek sonraki zürriyetini İskender'in ordusuynan..." diye söverek hamalların elinden kurtuldu, kâtibin oda kapısına müthiş bir tekme attı.

"Çüşş ayı oğlu ayı!" dedi kâtip.

Deveci Çopur Halil fabrika sahibinin odasına taraf hızlı hızlı yürüdü.

Az sonra çırçır merdivenlerini inen ağaya durumu anlatan kâtip, "Beni size şikâyete gitti!" dedi.

Ağa, "Kulağasma," cevabını verdi. "Yarın benim palikem yanarsa, öte baştan yürek soğudur dümbükler!"

İplikhaneye taraf yolunu değiştirdi.

6

4 numaradan 24 numaraya kadar yumuşak, ekstra, her katta bükülü ve her renkte pamuk iplikleri yapan iplikhane, erkek tuvaletlerinin yanında, mavi boyalı kapıları içeri dışarı açılıp kapanan, yüksek çatısını sağlam demir kolların tuttuğu, aydınlık, tertemiz, pırıl pırıl bir atölyeydi.

Kapıdan girince sağda RIETER markalı banko makineleri... Fitil makinelerinden gelen pamuk kolonları bankolarda istenilen numaraya göre incelir ve masuralara sarılırdı. Her bankoda "Öncü" ve "Arkacı" denilen işçiler çalışır. Islak betonun üzerinde yalınayak veya takunyalarla çalışan kız, oğlan, genç, ihtiyar, kadın, erkek işçiler... Bilhassa çocuklar... Dokuz, on yaşlarında, gözleri uyku dolu, renksiz şeylerdir ki, iş kanununa uysun diye annelerinden, teyze, hala, dayı yahut da tamamıyla yabancı bir büyük insandan parayla satın alınmış nüfus kâğıtlarıyla işe girmişlerdir.

Bankoların yeşil çuha kaplı ince silindirleri üzerinde su gibi dağılıp, sonra birleşerek pırıl pırıl çengellerden geçen iplikler, masuralara baş döndürücü bir hız ve yumuşak bir vınıltıyla sarılıyorlardı.

Her gün on iki saat ayaküstü çalışan ufaklı büyüklü işçilerin vazifesi, arada kopuveren bu ince telleri "yapıştırmak"tır. İşçiler bu yapıştırmada öyle ustadırlar ki...

Ağa sağdan birinci bankonun yanında durdu. Makinelere karşı tükenmez bir hayranlığı vardı. Gözlerini yeşil silindirlere dikti.

Ağanın iplikhaneye geldiği haberi her zaman çabucak yayıldığından, birer köşede çene çalan, gazoz, çay, kahve içmeye sıvışan, kızlarla dalga geçen usta veya usta yardımcılarına haberler uçardı.

Gene öyle oldu. İplikhanenin koca göbekli, zampara ustası atölyenin arka kapısından usullacık girdi, arka makinelerden birinde sözde tamire başladı.

Ağaysa banko işçileriyle konuşuyordu.

Babasının patlak yenli sarı postallarını incecik ayaklarına geçirmiş, on iki yaşlarında bir bankocuya, "Eee," dedi, "memnun musun İtalyan'ın düzeninden?"

İri kulaklı, yamyassı başını iki yana sallayan oğlan, "Bırak be ağa, nerden çıkardın başımıza bu gâvuru?" dedi.

"Niye lan?"

"Niyesi var mı bre ağa? Böyle iplik olur mu? Kop ha kop!"

"Ee... Herif mehendis, gâvır... Senden benden eyi ağnar tabii."

Gene boydan boya kopan iplikleri yapıştırmaya koşan oğlan, "Onun gâvurluğunu da, mühendisliğini de..." diye sövdü.

Ağanın yanı başında beliriveren koca göbekli usta, "Bütün işçi şikâyetçi! Millet kan ağlıyor. Hele dokumahane... Böyle giderse herifin Allahını şaşıracaklar..."

Ağa gülümsedi.

"Bana ne? Palikenin sahabı yalnız ben deelim ya... Herifi palikeye de ben almadım..."

"Vallaha bilmem. Böyle giderse işçi yakında ayaklanacak!"

"Numan Şerif Beyefendi düşünsün. Gâvırı beş seneliğine konturatınan palikeye bağlıyan o. Herif bana bile kafa tutuyor yallah deyince..."

Ağanın etrafını bir kısım işçilerle, usta yardımcıları almıştı. Avurtları birbirine geçmiş bir usta yardımcısı, "Millet boyuna Sümerbank fabrikasına kaçıyor!" dedi.

Ağa omuz silkti:

"N'öriym? Bana göre hava hoş..."

"Bereket versin Sümerbank fabrikasında da kadrolar dolu. Yoksa çalıştıracak adam bulamayacaktık."

Ağa kesti attı:

"Numan Bey'le İtalyan'dan sorun. Bana hiç gelmeyin!"

Yürüdü. Son derece memnundu. Yanı başında yürüyen iplikhane ustasına, "Akılları varsa, çevirsinler gâvırı, şöyle bir tenhada..."

"Olacak," dedi usta, "o da olacak..."

"İnşallah."

"Sen hiç merak etme. O, dokumacılardan bulacak belasını. Söven sövene..."

Ağa keleplere geçerken, iplikhanenin sonundaki odayı, İtalyan'ın çalışma odasını çenesiyle işaret etti.

"Gelmedi mi daha?"

"Dokuzdan evvel gelmez, herif Avrupalı mühendis, kolay mı? Bizim gibi değil ya. O yokken fabrika işlemiyordu sanki, pek bir lüzumu varmış gibi."

Kelepler, yani çözgüler, bankolardan dar bir beton yolla ayrılıyordu. Bankolardan gelen iplik masuraları koca koca teknelerle keleplere taşınır, keleplerde çözülür, çileler hâline getirildikten sonra paketlenip pazara gönderilirdi.

Beyaz örtülü başları önlerine eğik, siyah göğüslüklü işçi kızlar harıl harıl çalışıyor, ikide birde kopan iplikleri bağlayıveriyorlardı.

Kelepçi kızlar da bankodakiler gibi, fazla iplik kopmasından şikâyetçiydiler.

"İpliklere bir şeyler oldu," diyorlardı, "bu kadar senedir biz bu fabrikadayız, böylesini görmedik."

Ağa hemen cevaplıyordu:

"Avrupalı mehendisten eyi mi bileceksiniz? Aklınız ondan çok değil ya?"

Kızlar, "Pis cenabet," diyorlardı, "nerden çıktı başımıza?"

"Ben çıkarmadım, benim şuncacık kabahatim yok.. Palikenin sahabı bir ben olsam, kuyruğundan duttuğum gibi, yallaaah!.."

Araya gene hemen koca göbekli ustayla usta yardımcıları giriveriyorlardı.

"Belasını o, ekmekleriyle oynadığı işçilerden bulacak. Yazık günah değil mi şu ana kuzularına? On iki saat ayaküstü çalışmak kolay mı?"

Ağa kurnazca gülümsedi.

"Açsınnar gozlerini! Ağlamayan çocuğa meme var mı? Gedip Numan Beyefendi'ye söylediniz mi?"

"Dokumacılar gitmiş, şikâyet etmişler... Dinlemiş bir iki... Sonra kızmış. Avrupalı bir fen adamına karşı sizin şikâyetinizi dinlemem, haydi yallah marş demiş.."

Boşnak Cemile'nin yanında duran ağa, "Koskoca Numan Bey, bir ayağı Avrupa'da bir ayağı Emeliken'de.." dedi. "Sen, ben kim oluyok?"

Boşnak kızının yanında ağanın gene durduğunu gören iplikhanede, İtalyan hemen unutuldu. Sağda solda fısıltılar başladı.

Üç makine aşağıda çalışan Arapuşağı Karakız, aynı makinede çalışan Arnavut Meryem'le Giritli Hatice'ye, "Papaz..." diye fısıldadı. "Kıza nasıl da bakıyor!"

Ufacık burnunun ucu havaya kalkık Giritli Hatice, "Heye, papaz ki papaz," dedi.

Daracık omuzlu, kara kuru, çirkin bir kız olan Arnavut Meryem:

"Ya beriki? Kaşlara bak. Babasının oğluna surat ediyor sanki.. Bellersin ya babası, ya da..."

Hatice, "Kocası!" diye tamamladı.

"Vallaha... Güzel olmaynan sanki..."

"Hiç canım... Koskoca bir ağa mesela. Sen öyle bir adama surat asacak insan mısın? Kim oluyorsun sen?"

Karakız, "Ondaki onur, kibir kimde var. Burnu Kafdağı'nda, şu deveciden ötürü, böyle böyle dedim, herif sana yangın dedim, kollarını burmaynan doldururum, gözümün yağını yesin, diyor dedim de çemkiriverdi!"

"Kâtip yarın onun ağzının içine..."

"Vallaha... Deveci diyor ki, otuz kâğıt maaşnan avrat mı sevilir, diyor."

"Bunnarı hep kendine dedin mi?"

"Cemile'ye mi? Dedim."

"Ne diyor?"

"Hiç. Seni idareye şikâyet ederim diyor. Etsin, korkum mu var? Onun ferіştahından korkmam ben. Ben kaçın kurasıyım. Lakin güttüğüm nokta başka..."

Cemile'ye nefretle bakan Meryem, "Tıskit," dedi. "Ayağına gelmiş bir kısmet... Şu senin deveci beni almaz mı kız?"

"Seni ne yapsın kuru cenabet."

Arnavut Meryem içini çekti.

"Doğru bacım.. Beni n'apsın.. Kara kuru.."

Tam bu sırada elinde birtakım kâğıtlarla Cemile'nin kâtibi iplikhaneden içeri girdi.

Karakız, "Aha... Aslı'nın Kerem'i... Aklıma da geldiydi ha... Usta bir gıcık alıyor ki..." dedi.

Koca göbekli usta da kâtibi görmüştü. Yüzü derhal asıldı, ağanın kulağına, "Senin Numan Bey'in adamı, saat başı burada. Halbuki iplikhaneyle hiçbir alakası yok ha... Eline bir iki kâğıt alır, dolaşır. Maksat kızlarla ilgilenmek," dedi.

Ağayı karşıdan gören kâtip de şaşırmıştı. Geri dönmek istemiş, şüpheyi büsbütün çekeceği için vazgeçmişti.

Ağanın yanından geçerken, ağa, "Nirye gidiyon?" diye sordu..

Kâtip durdu. Yeni tıraşlı yanakları kızardı. Saçları briyantinden ışıl ısıldı.

"Sinyor Orlando'nun raporlarını götürüyorum efendim!" dedi.

İplikhane ustası:

"İtalyan'ın saat dokuzdan önce gelmediğini kendisine daha dün söylemiştim!.."

Kâtip şaşaladı.

Ağa sertçe:

"Dün, söylemiş sana."

Kâtibin gözü Cemile'ye kaydı. Göz göze geldiler. Verilecek kandırıcı bir cevabı yoktu. Bununla beraber, bir şeyler söylemeliydi herhalde. Gözü tekrar kıza gitti.

Bu sırada ağa, "Hadi bakalım, yallah!" dedi. "Burası görüşme yeri deel!"

Mahvolduğunu sanan kâtip döndü, birbirine dolaşan bacaklarıyla, çıktı gitti.

Usta, "Bu (A) yedeği iş başında mı? Gece demez gündüz demez, burda!"dedi.

Yan gözle Cemile'ye baktıktan sonra, "Ne hikmetse," diye tamamladı.

Ağa aldırış etmemişti, tekrar Cemile'nin yanına sokuldu. Cemile'yse hırsından titriyor, yaşaran gözlerini saklamak için başını eğdikçe eğiyordu.

Ağa, "Ee, beğenmiyon mu İtalyan'ın düzenini?"

Cemile cevap vermedi. Başını az daha eğdi, titreyen elleri makinenin iplikleri arasında şimşek gibi dolaştı.

Ağa, "Sana söylüyorum!" dedi.

Islak kirpikleriyle ağaya ok gibi bakan Cemile, "N'eblim ben," cevabını verdi.

Böyle bir karşılık beklemeyen ağa, iplikhane ustasına baktı. Usta gülümsüyordu, soğuk, hain bir gülümseyiş...

"Bu ne tevir cuvap kız? Sende hiç terbiye yok mu?"

Cemile, "Yok," dedi.

Kızı uzun uzun gözden geçirdikten sonra, başını salladı, öfke ile yürüdü. İplikhane ustası da peşinden gitti, dışarı çıktılar.

Ağa sordu:

"Bu kız kimin nesi? Niye çemkirdi öyle?"

Usta gene o hain gülümseyişiyle:

"Sevgilisini kovdun ya!"

"Ya?.." diye şaştı, "madem biliyordun bunu, oğlanı ne dimeye koydurdun bana?"

"Boş ver.. Bura kâtip ketebe takımının görüşme yeri değil, iyi ettin!"

"Yoksa?.."

"Yok vallaha ağa... Benim onun boyunda kızlarım var.."

"Bana ne bok olduğunu belletme."

"Yok vallaha ağa... İnan ki değil..."

"Bana ne bok olduğunu belletme Şükrü..."

"Vallaha değil ağa, billaha değil."

"Haydi öyle olsun.. Kimin nesi bu?"

"Bu göçmen esas, Boşnak... Babası uzun boylu bir adam. Lakin, memleketinde çok ileri, hanedandanmış. Bilenler anlatıyor, çete başıymış herif, bir tabur gâvuru önüne katar kovalarmış. Tabii zengin adam, mal mülk çok... Din uğruna, pir aşkına Sırplarla boğuşurmuş. Lakin, zorlu diş çeker ha." Ağzını açtı, mağara gibi oyuk bir diş yerini gösterdi. "Bak, bu dişimi çekti. Eli öyle hafif ki... Sonra, kırık, çıkık, yara, bere... Elinden her bir şey gelir. Bu kızın bir anası vardı ağa, eh... Allah işini gücünü bırakmış, bu avradı yaratmış derdin görsen. Çok güzeldi. Bir saçı vardı, topukta, beyaz beyaz, kar gibi. O kaş, o göz..."

"Ballandır ha ballandır gayri."

"Niye, kızı meydanda değil mi? Bir de kardeşi var bu kızın, dokumalarda."

"Bizim dokumalarda mı?"

"Heye, bizim dokumalarda."

"Babasının zanaatı madem bu kadar zorlu... Ne dimeye çalışmıyor da çocuklarını palikede işletiyor?"

"Vallaha bilmem amma, görmüş geçirmiş adam, derebey çocuğu... Diş çeker beleş, ağrı keser, kırık sarar, saç tıraş eder, sakal kazır metelik almaz. Alsa halbuki, çocuklarının ikisinden de daha fazla para kazanır amma, gel anlat. Derebeyi adam, kim bilir."

Kendi ortağını hatırlayan ağa, güldü.

"Bizim soğan erkeği gibi değil mi? Lakin aferin kıza, koca bir patrona çemkirmek."

Dokumahaneye taraf yürüdü.

7

Ağa tam dokumahane kapısına gelmişti ki, İtalyan mühendis Orlando, fabrikanın "Memurlar Kapısı"nda göründü. Beyaz kolonyal şapkası, piposu, kurt azmanı iri köpeği, budaklı bastonu, kısa pantolonu ve sarı sarı tüylü kıpkırmızı bacaklarıyla...

Ağanın yüzü nefretle buruştu. Sövdü, yere tükürdü, içeri girdi.

Üç yüz otomatik dokuma tezgâhının, kulakları sağır eden bir şakırtıyla çalıştığı dokumahane toz içindeydi. Basık çatısındaki pencerelerden birer sütun hâlinde betona vuran sabah güneşinde, pamuk tozları uçuşuyor, dokumahane kola kokuyordu.

Ağayı kapıda karşılayan dokumahane ustası, gözleri burun köklerine akmış, oklava gibi upuzun, kupkuru, hilekâr bir Arapuşağı, ağanın sol gerisinde yürürken, ona istediği ve istemediği bir sürü şey anlatıyordu:

“.... İşçi galeyan hâlinde. Sümerbank fabrikasına kaçan kaçana. Bereket versin oranın kadroları dolu da... İşçi ne yapsın? Kopanı çekip bağlamaktan bez dokuyamıyor ki! Bir şey değil, yarın biçimsizlikler de olabilir.”

“Ne gibi?”

“İtalyan’ı istemiyor işçiler! Anan yahşi, baban yahşi, güç halle idare ediyorum herifleri.”

Ağa, “Sana ne? Niye idare ediyorsun? İt dişi, domuz derisi. Ko serhoşu yıkılana kadar!” dedi.

“Herifi öldürürler ağa.”

“Bubayın oğlu mu?”

Sevinçle çalkalanan dokuma ustası, “Vicdan, insanda vicdan var da...” dedi.

Ağa şöyle bir baktı, yürüdü.

İplikhanede olduğu gibi, dokumahanede de tezgâhları teker teker dolaşan ağa, sinirli bir hâlde, kendilerini tutamayıp İtalyan mühendise küfürü basan işçilere, “Siz Numan Bey’den daha mı eyi bileceksiniz?” diyordu. “Herif ne Avrupa’sını kodu gezmedik, ne Emelike’nini...”

İşçiler, “Onun Avrupa’yı, Amerika’yı gezmesi, babasının bayraktar olmasından bize ne? Biz ekmeğimizi biliriz...”diye söylendiler.

“Hakkınızda bu hayırlı zahar ki... Neden dirsen, başınıza koskoca bir mehendis getirdi, hem de İtalyan... O gelmeden bu palike, işliyor muydu? Siz bez dokumasını biliyor muydunuz? İtalyan geldi, her bi şeyler düzelmedi mi?”

Arkasından gevrek gevrek gülüyordu. İşçiler de basıyorlardı küfrü.

Dokuma ustası ağayı, yeğeni Camgöz Sadık’ın tezgâhına götürdü. İçlerinden ışık geçirilmiş cam bilyalarını hatırlatan gözleriyle Camgöz Sadık, ağanın emrini bekliyordu.

Ağa, “Koş, koş bakalım tezgâhını!” dedi.

Alışkın ellerle mekiğine yeni masura koyan Camgöz Sadık, tezgâhını işletti. Sert şakırtılarla işlemeye başlayan tezgâhta mekik yıldırım gibi gitti, geldi, gitti, geldi ve istop etti. Beş iplik kopmuştu. Camgöz Sadık kopan iplikleri çabucak çekti, bağladı, tezgâhını tekrar işletti. Az sonra makine tekrar istop etti. Dört iplik birden kopmuştu.

Ağa, "Niye böyle oluyor?" diye sormaya kalmadan, Camgöz Sadık eliyle, koluyla, kaşıyla, gözüyle başladı:

"Bu İtalyan'ın düzeni gibi bombok düzen görmedim ağa. Bu kadar senelik dokumacıyım, başıma böylesi gelmediydi. İplik çekip bağlamaktan bez dokuyamıyoruz. On iki saat ayaküstü dikil, hava... Bu gidişle ekmeğe dileneceğiz. Evvelce ne iyiydi! Hepimiz memnunduk. Şimdi?"

Dayısına baktı. Beriki, "... Devam et, devam et!" demek isteyerek, ağanın omuzu üstünden başını salladı.

"... Şimdi günde bir tek top bile çıkaramıyoruz. Biz de insanız, bizim de ekmek bekleyen çoluk çocuğumuz var."

Dokuma ustası, "Bütün dokumahane böyle düşünüyor, herifler haklı," dedi. "On iki saat çalış, didin, tatlı uykundan ol, sonra..."

Ağa:

"Peki ne yapalım?"

Camgöz Sadık:

"Kovun gitsin."

"Kovun amma, Numan Bey beş senelik konturatnan palikeye bağladı. İstesek bile kovamayız."

"İşçi konturat monturat dinlemez ağa, işçinin şurasına geldi, bıçak kemiğe dayandı. Burda öyle işçiler var ki, anam avradım olsun bıçağı çekti mi..."

Dokuma ustası, "Ne biçim laf bu?" diye güya sertleşti. "Kanuna, nizama karşı gelinir mi?"

Göz kırptı.

Ağa birdenbire, "Şu, iplikhanedeki Boşnak kızının kardeşi hangisi?" diye sordu.

"Hangi Boşnak kızı? Cemile mi?"

"Heye..."

Orta makinelerden tarafı parmağıyla gösteren dokumahane ustası öne düştü.

Ağayla ustanın kendinden tarafa gelmekte olduklarını gören Sadri'nin yanakları kızardı, korkmuştu. Tıpkı kız kardeşi gibi başını önüne eğdikçe eğdi.

Ağa sordu:

"Senin iplikhanede bacın var mı?"

On altı yaşındaki Sadri'nin sarı tüylerle kaplı tombul yanakları kızarıp bozarıyordu.

"Var," dedi.

"Baban?"

"Babam da..."

"O bacına hiç terbiye vermiyor mu baban?"

Sadri'nin kaşları çatıldı. Ağaya, sonra ustaya baktı, daha sonra da yanındaki tezgâhta çalışan arkadaşı dokumacı Musa'ya. Hiçbir şey anlamamıştı.

Ağa, "Kız eksiğidir," diye devam etti, "yarın elin eline düşerse sıkıntı çeker!" Sonra, "İşler nasıl gidiyor?" dedi.

Sadri omuz silkti.

"Çok kötü ağa.."

"Niye?"

"Boyuna iplik kopuyor. Kopanı çekip bağlamaktan bez dokuyamıyoruz ki..."

"İtalyan'ın düzeninden sonra mı böyle oldu?"

Sadri, "Yook," diye başını sallayınca, ağanın omuzu üzerinden bakmakta olan dokuma ustasının yüzü karıştı.

"Yok!.."

Sadri ürktü. Adeta nutku tutuldu.

Ağa:

"Niye durdun? İtalyan'ın düzenini beğeniyorsun demek!"

Bir kere ok yaydan çıkmıştı.

"... İlk zamanlar İtalyan'ın düzeni iyiydi," diye devam etti, "kaymak gibi bez dokuyorduk, tövbe iplik kopmuyordu. Dört, beş gün böyle gitti. Ondan sonra..."

Dokuma ustası:

"Bu ağızlar İzmirli'nin ağızları! Bırak bu ağızları da doğru konuş!"

Sadri, "Doğru konuşuyorum!" diye ısrar etti.

"Konuşmuyorsun!"

"Dosdoğru konuşuyorum ben!"

"Sen doğru konuşuyorsun da, bu kadar işçi yalancı mı?"

Israrda fayda görmeyen Sadri, tezgâhına döndü, işiyle uğraşmaya başladı.

Ağa usullacık sordu:

"İzmirli de kim?"

Arka tezgâhlardan birinde çalışmakta olan kısa boylu, yusyuvarlak birini parmağıyla işaret eden usta, "Orada," dedi, "tam orada işte!"

Ağa o tarafa yürüyünce, usta bir iş bahane ederek, makinelerden birinde sözde tamire başladı, ağanın peşi sıra gitmedi.

Bir kedi kadar çevik, açıkgöz olan İzmirli Nusret, lisenin onuna kadar okumuş, cin gibi bir delikanlıydı. İplik ve bez randımanlarının niçin birdenbire düştüğünü kısaca anlattı:

"... Kolaya zımpara tozunu usta beyin adamları atıyor. Malum a, zımpara tozu aşındırıcıdır. Tel gücüler aşınıyor, aşınan tel gücüler de iplikleri zedeleyip koparıyor."

"Ustanın ne çıkarı var bunda?"

"Maksat İtalyan'ı sepetletip eskisi gibi tek başına kalıp..."

Ağa bütün bunların farkında değilmiş gibi, renk vermiyordu.

Dokumahane kapısına doğru giderken, usta endişeyle bakıyordu. Gözüyle "Gel!" yapan ağanın peşi sıra dokumahaneden çıktı, iplik ambarından içeri daldılar.

Sağlı sollu, tavana kadar istifli iplik paketlerinin arasındaki daracık yol, giriş kapısı gibi küçücük bir kapıyla dışarı çıkıyordu.

Ağa birden durdu. Dokuma ustasının gözlerinin içine bakarak, "'İtalyan'ın ayağı böyle alınmaz!" dedi

Dokuma ustası gene itiraz etmek isteyince, "Patırtıyı bırak! Şurda biz bizeyiz. Senden, benden gayri kimse yok; Ağnadın mı?" diye ekledi.

"?.."

"Sana diyom... Ağnadın mı?"

"Anladım ağa."

"Lafıma eyi kulak vir.. İtalyan'ın ayağı böyle alınmaz!"

"?.."

"Elimden gelse, bi gaşık suda boğarım dümbüğü! Amma, asıl zorum ötekinde, onu burya getirende... Ağnadın mı?"

"Anladım ağa..."

"Numan Bey, Numan Bey... Ne Avrupa'sını kor, ne Emelike'nini. Sıfatını görmüyon mu? Gâvırdan farkı var mı? Yazının kabıklısını tebelleş etti başımıza.. Ayda bin lira para, pirim, ikramiye, vırt zırt... Sana bi şey deyim mi? Amma aramızda kalacak."

Gözleri parlayan usta:

"Yanımda adam boğazla istersen ağa, benden sır çıkmaz!"

"... Ben bu Numan dümbüğünü de bi biçimine getirip, yallaah..."

"En sağlamı o aslında.. Nedir öyle.. Muhasebeyi mektepli memurnan doldurdu. Eskiden iki üç kâtip... İş gene bu işti, hesap kitap gene bu hesap kitaptı..."

"Tabii canım... Bi sürü it doldurdu palikenin içine.."

"Haklısın ağa..."

"Yeniden söylüyorum, sözüme kulak vir, aç gözünü; İtalyan'ın ayağı böyle alınmaz!"

Bir müddet bakıştılar.

"... Nasıl alınacağına gelince, sen bi iyi zamanda gel de, beni gor... İstersen eve gel.. Gece gel. Ağnadın mı?"

"Anladım ağa, emredersin, başımla beraber..."
"Hadi get işiyin başına!"
İplik ambarının alt kapısından çıktı, muhasebeye taraf gitti.
Bu kadarını mümkün değil tahmin edemeyen dokuma ustası, sevinç içindeydi. "Ay benimle olduktan sonra, yıldızın kuyruğuna çarpim!" diye söylenerek dokumahaneden içeri girdi. Hâlâ korku içindeki Sadri'nin yanından kayıtsızca geçti, yeğeni Camgöz Sadık'ın omuzuna dokundu. Yeğeniyle birlikte odasına gittiler.

8

Muhasebe servisine geldiği zaman ağa, saat dokuz buçuğu gösteriyordu. Onun muhasebe servisine girişi her zamanki gibi merasimle karşılanmış, sağlı sollu, pırıl pırıl masalarda, başlarını kocaman kocaman defterlere indirmiş çalışan memurlar ayağa kalkmışlardı.

Okumuş insanları huzuruna alıp, onlarla alay etmeye, maaş verdiği memurlardan mutlak bir saygı görmeye bayılırdı. İlle doktor, mühendis, avukat gibi imrenmeyle karışık bir kıskançlık duyduğu kimselere karşı çok daha sertti. Şurda burda lafı gelince, hemen taşı gediğine koyuverirdi: "... Tohtur oldular, mehendis oldular, abukat oldular da ne?" derdi, "huzuruma vardılar mı, el öfelemiyorlar mı?"

Bugün de her zamanki gibi, muhasebeye girince bütün memurlar ayağa kalkmış, yalnız birisi, iplikhaneden kovduğu kâtip aldırış etmemişti. Fabrikaya ortağı Numan Bey'in aldığı bu kâtibin babasını da, ortağı Numan Bey kadar sevmezdi. Geçmişini bilip, şurda burda yüzüne vuran, cahilliğiyle alay eden, bilhassa, soy sop, asalet filan karıştıranlardan nefret ederdi.

Önündeki deftere başını eğmiş, bir şeyler yazar görünen kâtibe öfkeyle bakarken, "Kovdum diye zoruna getti, onun için değil mi? Tabii kovarım. Maayişini ben viriyom!" diye düşünüyor, öfkesi artıyordu.

Kâtipse onu sahiden görmemişti. Bütün milletin, bilhassa Cemile'nin önünde "rezilce" kovuluşunu bir türlü hazmedemiyor, annesinin yıllarca önceki sözlerini düşünüyordu.

Bütün hayatı boyunca kocasına kayıtsız şartsız bağlı kalmış, onun öfkesine, küfrüne, hatta dayağına tahammül edip boyun eğmiş olan annesi, belki de hayatında ilk ve son defa kocasına isyan etmişti.

İriyarı babası konağın geniş sofasında, rugan ayakkabılarını cızırdata cızırdata dolaşırken, "... Okumasınlar efendim," diye bağırmıştı, "benim çocuklarım da okuyup yüksek tahsil görmeyiversinler, kıyamet kopmaz ya! Hem okuyup da ne olacak? Gözleri açılıp, hisleri incelip, etrafın çirkinlikleri karşısında adım başı üzülmektense, neme lazımcı birer küçük meslek sahibi olup çoluk çocuklarının ekmeğinden başkasını düşünmeyi bilmesinler daha iyi!"

Tam bu sırada ufak tefek, halim selim annesi, bir elinde bir baş soğan, öbür elinde bir bıçak, mutfaktan dişi bir pars gibi fırlamış, kocasının karşısına dikilmiş, "Okuyacaklar!" diye haykırmıştı, "Evlatlarımı başkalarının karşısında el ovalamaya mahkûm birer sünepe görmektense, ölmeyi tercih ederim. Benim çocuklarım okuyacak, babaları gibi..."

İplikhaneden kovulduğu hâlde sesini bile çıkaramayışıyla, annesinin o zaman sözünü ettiği "sünepe" olduğunu sanıyor, bundan kurtulmak için ne yapması gerektiğini düşünüyordu ki, omuzu dürtüldü. Döndü. Ağaydı. Ayağa fırladı ama iş işten geçmişti. Tıpkı iplikhanedeki gibi kalın, kırçıl kaşlarını çatan ağa, hışımla bakıyordu.

Neden sonra, "Senin adın ne?" diye sordu.

Kâtip ismini söyledi. Ağanın bunu bilmezmiş gibi davranışı tuhafına gitmişti.

Beriki hep aynı ağırlıkla, "Senin buban, anan yoh mu? Başında bir böyüğün yoh mu?" diye sordu.

Her şeyi gayet iyi bilen ağanın bu türlü davranışı kâtibi büsbütün şaşırtmıştı.

"Var efendim."

"Sana heç mi terbiye virmediler? Dimediler mi ki, bir insanın bir böyüğü bir yerden içeri girdi mi, zıppadan ayağa kalkılır, hörmet gosdürdülür dimediler mi?"

Kâtip kekeledi:

"Meşguldüm efendim, görmedim, affedersiniz."

"Meşguldün, gormedin. Meşgullüğünüzden beni ehya ettiniz. Siz yokken bu palikenin hesabını kitabını dıvarlara yazdırırdım ben. Gene de işim yörürdü. Ne bu masebe musebe, defter, kalem vırt zırt... Fuzuli masraf. Ay başı olsun, koşun kasadara. Ne iş gördüğünüz var sankim? Beni ehya mı ettiniz?"

Kâtibi bakışıyla ezmek istiyordu.

Kâtipse, gene cevap veremiyordu. "Sünepe!" diye düşündü. Başkalarının karşısında el ovalayıp susmaya, haksızlıklar karşısında susmaya, vicdanı konuşmasını emrettiği hâlde susmaya, küfre karşı bile susmaya, velhasıl 24 lira 95 kuruşun hatırı için, en susulmaması gereken hâller karşısında bile susmaya mecbur bir sünepe!

Oysa, hiç de böyle olmak istemeyen bir bilinci vardı. Eğer Cemile olmasa, 24 lira 95 kuruşa bile boş verir, masasındaki defter, kalem, hokka, hesap makinesi ne varsa herifin suratına fırlatır, sonunu düşünmezdi bile.

Fakat... O kadar yalnızdı ki...

Ağa, "Terbiyesiz!" dedi.

Bütün muhasebe servisine çöken ağırlığını da birlikte sürükleyerek, ağır ağır yürüdü, gitti.

Masasına çöken kâtip başını avuçları içine almıştı.

Sağda, uzun bir masada yan yana çalışan primanota, defteri kebir ve muavin hesaplara bakan iki arkadaş -biri tombul, beyaz, yakışıklı, öteki esmer, kuru, çirkin, üstelik kendini beğenmiş-kaplarına sığamıyorlardı.

Kurunun bacağı, tombulun bacağını, "Senin ukala dümbeleğine bak!" demek isteyerek dürttü.

Öteki cevap verdi:

"Farkındayım. Hani onur, itibar, kabadayılık?"

İki adamın bacağı konuşmaya devam etti:

"Fasarya.. Adamsa o lafları yemeseydi! Yenecek laf mı o laflar? Terbiyesiz dedi be!"

"Der... Maaş veriyor."

"Hadi be sen de.. Maaş veriyor diye?"

"Ne o? Sen de mi?"

"Ne ben de mi?"

"Sana söylese sen cevap verebilir miydin?"

"Tabii verirdim!"

"Cart."

"Cart sana. Senin sülalene..."

"!!!.."

"!!!.."

9

Bir ayıbalığını hatırlatan geniş omuzlu, kocaman kocaman elli Genel Müdür Yahudi Salamon, iri burnunu önündeki kâğıtlara indirmiş, yanı başındaki koltukta, İtalyan kırmalı Fransızcasıyla hararetli hararetli konuşmakta olan Sinyor Orlando'yu dinliyordu.

Orlando, "Sabote ediliyorum, farkındayım! İmalatı düşürmek için ellerinden geleni yapıyorlar... Bir taşla iki kuş vurmak emelindeler!.. Bu suretle hem fabrika idaresi, hem de işçi, bilhassa buna önem veriyorlar, aleyhime dönecek. Bütün yeniliklere karşı aynı reaksiyon, malum... Numan Bey'e her şeyi anlattım. Numan Bey kibar adam, kültürlü adam, bir Avrupalı kadar ileri anlayışlı adam!" dedi.

"Orası gerçek."

"Ama öteki? Tam bir feodal, hem de en fenasından. Niçin dolaşır fabrika içlerini? İlgilenmesin, bıraksın size ve bana. O istesin bizden randıman!"

Çukurova'ya altları delik pabuçları, kirli atlet fanilası, pis hasır şapkasıyla talihini denemek için gelen Yahudi Salamon, ambar memurlukları, kantar kâtiplikleri yapmış, sonraları Çukurova'nın çeşitli kasaba ve şehirlerinde uzun uzun sürtmüş, açıkgöz, hinoğlu hin, yaş yere basmaz biriydi ki, nasılsa bu fabrikaya kapılanmış, tırnaklarını adamakıllı geçirmişti.

Şöyle böyle Fransızcası, biraz Almancası ve alafranga anlayışıyla Numan Rüştü Bey'i, sırasında kara cahil bir bakkal kadar hesapçılığı, vurdumduymazlığıyla da Kadir Ağa'yı avlamış, gözlerine girmişti.

Fabrikada çarpışan çıkarların farkındaydı. Ama o, taraf tutmayı kendi çıkarı dışında bulduğu için, kökleri ta Numan Rüştü Bey'le Kadir Ağa'ya kadar uzanan bu zıtlığı anlamaz görünüyordu.

Kıpkırmızı yüzü büsbütün kızaran ve bir makineli tüfek gibi konuşan İtalyan'ı sakin sakin dinlerken, bir yandan da o gün postadan çıkan mektuplara göz atıyor, iplik ve bez siparişine ait olanları ticaret masasına verilmek üzere, bir kenara ayırıyordu.

Sinyor Orlando, "Siz, ağaya söyleyin lütfen," diye devam etti, "zahmet edip girmesinler fabrika içlerine. Bu fabrikanın mühendisi benim. Sorulacak bir şey varsa, çağırsınlar beni, gereken bilgiyi vereyim kendilerine!"

Birdenbire başını kaldırdı Salamon, "Yorma kendini, Kadir Ağa'ya bu söylenmez. Söylense bile hiçbir tesiri olmaz. Kadir Ağa bir bakkal, kara cahil bir bakkal kadar ilkeldir. Orta Anadolulu bir bakkal nasıl, her sabah dükkânını besmeleyle açar, kavanozlarının tozunu alır, onları okşar, severse, Kadir Ağa da böyledir. Kolaya zımpara tozu karıştırıldığı meselesine gelince... Mühim, çok mühim bu. Siz bu konuda ne biliyorsanız ondan bahsedin. Yoksa,

Kadir Ağa şöyle, Kadir Ağa böyle... Bu sökmez... Kolaya zımpara tozu atandan haberiniz var mı? Kimdir bu sabotör?"

"Bunu kimin yaptığı, daha doğrusu yaptırdığı bence malum."

"Kim?"

"Dokuma ustası!"

"Onun teşvikiyle olması gayet tabii. Ama atan kim?"

"Anonim bir iş bu. Filandır diyemem henüz. Tertibatımı aldım, ben de, suçüstü yakalatacağım. Bununla birlikte, bütün bunlar görülmemiş, bilinmeyen şeyler değil. Başta iplik ve dokuma ustaları olmak üzere, bütün usta yardımcıları ve bütün bunların, hatta Kadir Ağa'nın propagandasıyla da işçilerin yüzde doksan sekizi aleyhimde. Ters ters bakıyorlar, homurdanıyorlar, beni istemiyorlar!"

Genel Müdür güldü.

"Demek Kadir Ağa da?"

"Elbette... Yoksa niçin dolaşsın fabrika içlerini?"

"Ne yapalım? Siz İtalya gibi yerde, fabrikaların önemli görevlerinde bulunmuş insansınız. Elbette bunun da hakkından geleceksiniz!"

"İtalya, Fransa, Hindistan..."

"Mesele yok."

Yan kapıdan Kadir Ağa giriverince, İtalyan mühendis usullacık kalktı, öbür kapıdan çıktı gitti.

Arkasından nefretle bakan ağa, "Gene ne patırdatıyordu?" dedi.

Genel Müdür sadece güldü.

"Beni çekiştiriyordu deel mi?"

"Malum şikâyetler efendimiz..."

Masası üzerindeki kâğıtlarla meşgul olmaya devam etti.

Masaya az daha sokulan ağa, "Ne diyor?" diye göz kırptı.

"Malum şikâyetler dedim ya... Atölyeleri gezip dolaşmanıza kızıyor. Öğrenmek istediği bir şey varsa beni çağırıp sorsun diyor."

Öfkeyle doğrulan ağa, "Sen o kabıklıya dirsin ki, kendini palikeme üçüncü ortak deyi almadım diyor Kadir Ağa dirsin! Mal benim. İstersem çalar kibriti yaharım. Ağnadın mı?"

"Haklısın ağa... Amma..."

"Ne amması?"

"Ona bunu anlatmak zor... Avrupa'da..."

"Burası Avrıpa mavrıpa deel! Burası Türkiye, açsın gözünü, açmazsa açarlar... Beğenirse böyle, beğenmezse çekilir gider melmeketine. Burayı beğenmiyor da ne dimeye gelmiş?"

Milliyet meselelerinin açılmasından hiç hoşlanmayan Yahudi Salamon, cevap vermedi.

Onu uzun uzun gözden geçiren ağa, "Yohsa sen de mi ondan yanasın?" diye sordu.

Etine iğne batırılmış gibi irkilen Salamon, "Ne münasebet efendimiz," dedi. "Ben sadece onun düşüncesinden söz ettim."

"Sen de gâvırsın mesela... Amma gâvırdan gâvıra..."

"Hayır, ben gâvur değilim..."

"Niye? Kabıklı deel misin sen?"

"Yooo."

"Essahdan mı lan Salamon? Essahdan kabıklı deel misin?"

"Ben yarım sünnetliyim."

"Yarım gâvır yani..."

Gülüştüler.

Ağa birdenbire:

"Dur hele, sennen de arayı açacıyk gayri..."

"Niye?"

"Sen nesin burada? Genel müdür müsün, yoğsa eşşeğin başı mı?"

Pişkin Salamon gayet soğukkanlıydı.

"Niçin?"

"Palikeynen hiç alekedar değelsin!"

"Mesela?"

"Meselası var mı canım? Amele tekmil şikâyetçi İtalyan'dan. Herifin düzenini beğenmiyorlar, tövbe beğenmiyorlar. Ameleleri çağırıp ifadelerini alıyon mu?"

"Başka?"

"Kâtipler iplikhane kızlarıynan kırıştırıyorlar..."

"Başka?"

"Anayın dini! Savcı gibi ifademi mi alıyon?"

"Estağfurullah. Siz rahat olun."

10

Deveci Çopur Halil'i odasında, maroken koltuklardan birinde, bacak bacak üstüne atmış bulan ağa:

"O ne? Hayrola?"

Derhal ayağa kalkan Deveci Çopur Halil:

"Ben sana küstüm!"

"Niye?"

"Ben bu palikede ayrıcalı mıyım, değil miyim?"

"Bu da laf mı bre Halil? Çal kibriti yak!"

"Madem öyle.. Ne dimeye yanındaki itlerini bağlatmıyon?"

"Ne var ki? N'olmuş ki?"

Ellerini arkasına koyan Halil:

"Ben kendimi bu palikenin sahibi bilir senin de beni evladın gibi sevdiğini zannederdim... Meğer..."

"Eyi amma niye söylemiyon n'olduğunu bre Halil?"

"Şo bir kâtibin var senin, çırçır kâtibi midir, nedir... Herif tuttu bizi odasından kovdu be!"

"Kovdu mu? Nasıl kovar?"

"Kovdu işte, basbayağı kovdu..."

"Nasıl kovar yahu?"

"Basbayağı kovdu bre ağa... Lakin hatır saydım, senin gül hatırıyın depemde yeri var... Yoğsa Allahımı inkâr edim, ona iki dene miralay tokatı... Zaten iki sıkımlık canı var."

"Niye kavga ettiniz?"

"Heç yahu. Fasa fiso! Kendini adam belledik, gettik odasına, bir iki oturduk moturduk... Söndür cigaranı! Dedim ki, benim cigaramın ateşi, bu palikeyi yakmaz, merak etme dedim. Yok, ille söndür... Ağanın emri var filan fıstık. Ağa bana bir şey dimez, ağa beni kendi belinden inme, öz evladı gibi sever dedim, gene yok. O sıra sen geçtin, ardından getti, geldi, söndür cigaranı, ağanın emri böyle. Depem attı. Lan dedim, senin habibini... Lakin, olmaz... İtin değil, sahabının hatırı var, seni saydım. Essahdan sen mi dedin?"

"Tövbe Halil, habarım bile yok vallaha."

"Peki, nasıl cesaret eder bu böyle?"

"Cebimden harcamış... Senin ağan benim kardaşımdan ileri mesela..."

"Ona bi dene konsam yarısı boşa gider. Lakin saydığım nokta başka.. Anlıyon a?"

"Nefesini tüketme... Cebimden harcamış kösnük. Elli olsa lafımı yimem. Dedim dedim, dimedim dimedim. Nefesini tüketme... Palike içinde cigara içmenin yassahlığını tamim ettik a, sana göre deel tabii."

"Bi şey değil, o kadar hambalı üstüme güldürdü... Sana bi şey deyim mi? Beni sevdiğini anlayım ki, onu şimdi çağırmalısın, benim önümde ağzının bi gozel kayarını vermelisin ki, benim de yüreğim soğumalı!"

"Kulağasma bre herif. Bunnar ecir takımı, mayişçi kısmı. Nirden bahsan ciğeri beş para itmez. Sana benim cebimden harcamış."

Deveci Çopur Halil, "Yok," dedi, "sen onu çığır benim yanımda..."

"Mayişçi kısmı bre herif, nerden baksan..."

"Yok, ille çığır onu, benim önümde..."

Çaresiz masasına geçti, zile bastı, içeri giren odacıya, çırçır kâtibini çağırması emrini verdikten sonra, altın çerçeveli gözlüğünü gözüne taktı.

"Ağan nöörüyor? Âlemleri eyi mi?"

"Ağamın âlemi Sultan Süleyman'da yok. İki dene bar kızı kapattı ki!"

Ağa güldü.

"İki dene ha? Zorlu mu bari?"

"Ne diyon bre ağa... Lokman Hekim'in yi didiği..."

"Dimek iki dene?"

"... İki dene ki feryat! Biri sarı saçlı, biyaz; ötekinin saçları zümrüt gibi, esmer..."

"Çiftlikte mi eyleşiyorlar?"

"Heye... Hani rakı içtiydiniz, üst kat var ya... Orayı tekmil boşalttırdı, avradını mavradını, çocuklarını mocuklarını da mektebe kayıt için gönderdi."

Kapı vuruldu, çırçır kâtibi girdi.

Suratı derhal asılan ağa:

"Ben size benim cebimden harcamak yassah, herkes kendi cebinden harcasın dimedim miydi?"

Deveci Çopur Halil'e göz ucuyla bakan kâtip:

"Demiştiniz efendim."

"Demiştim de, ne dimeye benim cebimden harcadın?"

"Sigara içiyordu, söndürmesini rica ettim, dinlemedi. Ben de..."

"Sen de.. Ağa böyle böyle diyor, didin?"

Kâtip başını eğdi.

"Buyur," dedi ağa, "dimedim miydi? Sana benim cebimden harcamış... Elli olsa yimem lafımı.. Didim didim, dimedim dimedim." Kâtibe döndü:

"Bundan kelli, istemem! Herkes kendi cebinden harcasın. Hadi yallah işiyin başına!"

Ağayı selamlayan kâtip, odadan geri geri çıktı.

Deveci Çopur Halil, "Böylelerine Allah kel virsin de tırnak virmesin ağa... Çingeneye beylik vermişler, peşin babasını asmış," dedi.

"Doğru, it kapıda zebun gerek. Babalarımızdan, dedelerimizden böyle duyduk, böyle belledik..."

Deveci Çopur Halil çıkıp gittikten sonra, ağa odacısını çağırdı, Deveci Çopur Halil'i odasına bıraktığı için sövdü, saydı.

Odacı, "Dinlemedi ağa. Ağa beni kendi öz evladından ziyade sever," dedi.

"Desin, bırakma!"

"Siz huylanırsınız diye.."

"Benim huylanmama bakma... Bir daha istemem... Hadi!"

Odacı çıktı. Önüne bir tomar parşömen çeken ağa, yeni öğrendiği imzasını atmaya başladı. Bu imzalar, birbirine paralel dört beş çizgiydi.

Elinde pırıl pırıl stilo, gözünde gözlük, imza işine öyle dalmıştı ki, kapının açılıp ortağı Numan Şerif Bey'in içeri girdiğinin bile farkında olmadı.

Cahil ortağını kapıda uzun uzun seyrettikten sonra Numan Şerif Bey, "Ulan, ulan Kadir.. Hani yakışmıyor da değil ha! Bir yabancı görse seni sahiden de genel müdür sanır! Kelle, kulak, heybet..." dedi.

Şapkasını çıkardı, odacıya verdi, sonra geçti maroken koltuklardan köşedekine kendini bıraktı.

Karakulakzadelerin eksiksiz konağında gözlerini dünyaya açan Numan Şerif Bey, bütün ömrü boyunca hesapsız bir refah içinde yaşamış, elli beş yaşlarında, gerçekten bir erkek güzeliydi. Yaşamasını, yemesini, içmesini, oturup kalkmasını, görüşüp konuşmasını gayet iyi bilir, yalnız Türkçeyle değil, İtalyanca, Fransızca ve Almancayla da derdini anlatabilirdi.

İstanbul'da yazlık, kışlık köşkleri, bir de yalısı vardı. Köşklerinin, apartman ve yalısının bütün duvarlarında Paris'ten, Londra'dan, Hollanda'dan getirtilmiş çeşitli tablolar asılıydı. Amerika'dan otuz küsur bin liraya satın aldığı kahverengi deniz motoru yalısının önünde her an tertemiz, pırıl pırıl beklerdi. Numan Şerif Bey, özellikle divan ve tasavvuf şiirine düşkün; şapkayı fes, Türkçeyi Osmanlıca sayıp bu dünyanın hay huyu içinde eski günleri tahayyülden zevk alan dostlarıyla mehtap âlemlerine çıkardı.

Her yıl hayır cemiyetlerine ödediği binlerce liradan başka, evinin kapısını çalan hiçbir fukarayı tersyüz çevirtmez, para, yiyecek, eski şu bu verdirir, hatta fazla ihtiyar olanları salona çıkartıp, karşısına oturtarak, altın yaldızlı fincanlarla kahve ikram eder, görüşür, konuşur, giderken de ihtiyarın kuru avucuna bir miktar para bırakırdı.

Bu yüzden memlekette çok sevilir, fukara babası bilinirdi. Bütün ömrü Paris, Londra, Berlin, Roma, Kahire'de geçmiştir denilebilirdi. Fabrikayla ilgisi, yılbaşlarında bilançoyu tetkikten sonra, hissesinin üç ayrı bankadaki cari hesaplarına naklinden ibaretti.

Odanın içine harikulade bir lavanta kokusu yayılmıştı.

Neşesi gene iyice kaçan Kadir Ağa, masadan kalkmış, gözlüğünü kılıfına, stilosunu da yerine koymuştu.

Numan Şerif Bey, "Otur, otur, niye kalktın? Pek yakışıyordu," dedi.

Ağa:

"Bırak taşkalayı beyefendi, biz ne kadar olsa malum a..."

"Canım bunu herkes bilmez. Hiç kimse asalet nişanlarını doğarken birlikte getirmez. Bütün bunlar sonradan yakıştırılan şeyler. Otur hadi otur. Hazır yakışıyordu da..."

"Bırak, canım sıkılıyor beyefendi."

"Niçin sıkılıyor canın bakalım?"

"Şo palikenin durumu..."

"Fabrika demeyi öğrenemedin gitti."

"Dilim dönmüyor."

"Ne varmış fabrikanın durumunda."

"İtalyan'nan gonuş da sana diyivirsin!"

"Gonuş değil konuş, diyivirsin değil, deyiversin..."

"Neyse işte..."

Birdenbire ayağa kalkan Numan Şerif Bey, "Konuştum," diye Kadir Ağa'nın gözlerinin ta içine baktı. "İtalyanla da konuştum, diğer gerekenlerle de ağa hazretleri. Edindiğim kanaat şu ki, sen iyi insan değilsin!"

Kadir Ağa'dan iki karış daha uzundu, daha iri, daha heybetli...

"?.."

"Çok fena insansın sen Kadir. Eğer bana gelip, seni ortaklıktan..."

"Kim dimiş? Seni ortaklıktan çıkarmak istediğimi kim dimiş?"

"Patırtı etme. Bana gelip, hisseni satın almak istiyorum, bana devret deseydin, belki razı olurdum. Ama şimdi? Çarıklı erkânıharp zekânla arkamdan dalavereler çevirdiğini işitince..."

"Ne dalaviresi? Kim dimiş?"

Numan Şerif Bey kesti attı:

"Neyse, fazla laf istemiyorum. İtalyan burada kalacak ve fabrikada ben bulunmadığım zaman beni temsil edecek!"

Kadir Ağa, Numan Şerif Bey'in heybeti karşısında ufalmıştı.

"Bunu amelelere ağnat!" dedi. "Bana göre hava hoş. Zatiniz herifnen beş senelik mukavele imzaladınız..."

"Herif değil o, mühendis, Avrupalı yüksek mühendis, fen adamı!"

"Niyse, beni ilagedar etmez..."

"İlagedar değil, alakadar..."

"Ne ise..." diye mırıldanarak odadan çıkan ortağına birdenbire her zamandan çok öfkelenen Numan Şerif Bey, zile bastı, odacıya, "Bana genel müdürü çağır!" dedi.

Az sonra koca burunlu genel müdür, ellerini ovalayarak içeri girdi.

"Buyrun beyefendi."

Numan Şerif Bey gürledi:

"Sana emir veriyorum, aç kulağını. Ben fabrikada bulunmadığım zamanlar Sinyor Orlando doğrudan doğruya benim şahsi temsilcimdir... Bu bir, ikincisi, onu saymayan, verdiği emirleri harfiyen yerine getirmeyen kim olursa olsun, derhal kapı dışarı edilecektir. İtalyanın aleyhine kurulmak istenen ve günlerden beri hazırlanan komplodan günün birinde onun kılına zarar gelirse..."

Genel Müdür ellerini ovaladı:

"Bu vaziyet karşısında bendeniz ne yapabilirim beyefendi?"

"Ne mi yapabilirsin? Derhal Emniyet'e haber verir..."

"Elbette beyefendi, orası malum..."

"Senden başka bir şey istemiyorum ki..."

Odanın içinde köşeleme dolaşmaya başladı.

"... Budala, sersem, hayvan herif. Aç köpek, kara cahil, meymenetsiz. Tuttuk kendimize ortak aldık, gittik fabrikayı satın alma işini Ankara'da hallettik, sonra herif... Alacağın olsun ulan yazının yarım pabuçlusu. Unuttu Mahmutpaşa Hanı'nın kapısında tavşan derisi beklediği, yapılara eşekle kum, çakıl taşıdığı, peynir, ekmek, turşuyla sürttüğü günleri."

Pencerenin önüne dikilen bir insan karaltısına dikkat ederken, genel müdüre sordu:

"Kimdir orada dikilen? Ne istiyor?"

Genel müdür gitti, baktı, geldi.

"Bizim kâtiplerden biri.."

"Ne istiyormuş?"

"Sizinle görüşecekmiş."

"Ne görüşecekmiş benimle?"

"Bilmiyorum efendim."

"Çağır gelsin!"

Sabahleyin Kadir Ağa'nın iplikhaneden kovduğu, sonra da muhasebede azarladığı kâtipti. İki sene önce fabrika muhasebesine bizzat aldığı Milli Mücadele arkadaşlarından birinin oğlu olan delikanlıyı tanıdı Numan Şerif Bey.

"Buyurun, bir arzunuz mu vardı?"

"Evet efendim. Size bir söyleyeceğim vardı."

Yan gözle genel müdüre baktı. Numan Şerif Bey, "Buyurun!" dedi.

Kâtip ilkönce ağır ağır başlamıştı, gittikçe öfkelenerek öyle bir hınçla anlattı ki, Numan Şerif Bey, "Vay it vay! Vay iki paralık serseri vay! Senin baban bu memleket uğruna çalışırken, o... Açtırmasın ağzımı, kefen soyucu rezil. Servetini nereden topladığını bilmeyenlere yuttursun. Köpek!"

Kâtibe, öfkeyle yiyecekmiş gibi bakan genel müdür, başıyla, "Dışarı çık!" demek isteyen bir işaret yaptı. Kâtip tereddüt etti. Genel müdür işareti tekrarlayınca, kâtip dışarı çıkmak için hazırlanmıştı ki, Numan Şerif Bey, "Hırsız, katil," diye mırıldanarak önce genel müdüre döndü. "Fabrikanın içinde neler oluyor Salamon?" diye sordu, kâtibe de, "Peki, siz gidin işinizin başına!" dedi.

Tekrar genel müdüre döndü.

"Bundan sonra benim bulunmadığım zamanlar bu çocuğun himayesi de sana ait, anlaşıldı mı?"

Genel müdür hiç de memnun görünmüyordu.

"Anlaşıldı mı diyorum sana?"

"Anlaşıldı beyefendi, elbette, vazifem."

"Ver şurdan bana bir kâğıt..."

Demin Kadir Ağa'nın imza denemeleri yaptığı parşömen tomarından bir kâğıt çeken genel müdür, Numan Şerif Bey'e uzattı. Zarif stilosuyla sinirli sinirli yazan Numan Şerif Bey, deminki kâtibin maaşına on lira zam hakkında bir rapor düzenlemiş, altını imzalamıştı. Genel müdüre uzattı.

Raporu çabucak gözden geçiren genel müdür, "Usulsüzlük olmaz mı beyefendi? Öteki memurlar..." diye itiraz etmek istediyse de, Numan Şerif Bey gene gürledi: "Senden görüşünü sormadım, yallah hadi, marş!"

Genel müdür elinde kâğıt, çıktı, gitti.

11

Fabrikanın "İşçi kapısı" üzerindeki yuvarlak saat öğlenin on bir buçuğunu beş geceyi gösteriyordu. Tam on bir buçukta dokumahane paydos olmuştu. Şimdi iplikhanenin kadın işçileri, siyah önlük, beyaz başörtü kalabalığı hâlinde, yorgun çıkıyorlardı.

Fabrikanın önü, pazaryeri gibiydi: Üzüm, kuruyemiş, portakal, çeşit çeşit tatlı, kuru köfte, simit satıcılarının haykırışları birbirine karışıyor, kuvvetli güneşin altında zevkle uçuşan besili karasinekler yiyeceklere inip kalkıyorlardı.

On iki saatlik yorucu bir işten sonra kavuştukları hürriyetin neşesiyle güneşe karşı gerinen, birbirini kovalayan, yahut birbirlerine yaslanarak iplikhane kızlarını seyreden, laf atan delikanlı dokumacılar, fabrika meydan hamalları, yalınayak çocuklar, bütün bu gürültü, şamata ve kaynaşmayı alışmamış, yadırgı gözlerle seyreden yayla memleket uşakları...

Paramparça üst başlarıyla bunlar öyle çoktu ki...

***

Dokumacı Sadri, kooperatif bakkalına girdi. Her paydosta olduğu gibi, dükkân gene ağız ağızaydı. Gümüş çerçeveli oval gözlüğünü alnına kaldırmış bakkalla, kıpkırmızı bilekli çırağı, on kuruşluk tahin helvası, kara zeytin, on iki buçukluk pirinç, mercimek, tuz tartıp lamba camı, öküzbaşı çivit boya, somun yahut sigara vermek için didinip duruyorlardı.

Müşteriler sabırsızdılar.

"Mamıd Ağa!"

"Daha bekliyeciyk mi Mamıd Emmi!"

"Mamıd Emmi be... Ben hepsinden önce geldim, hepsinden arda kaldım..."

"Mahmut Amuca!"

Mahmut Ağa'nın gene basuru sancımaya başlamıştı. "Vay Mahmut Ağa'nızın anasını avradını!" diye okkalı bir küfür savurdu.

Kahkahalar yükseldi.

Fıçı gibi yusyuvarlak biri olan Dokumacı Musa, "Arrr!!!" dedi.

Camgöz Sadık ağzıyla zort çekti. Deveci Çopur Halil, "Çek kardaş," dedi, "bir yokuşun kaldı!"

Mahmut Ağa gülüverince, tekrar kahkahalar yükseldi. Fırsattan faydalanan Mahmut Ağa, terazinin oraya sıkıştırdığı kırk dokuzluk rakısını aldı, dikti, doğranmış hıyar turşusundan da ağzına attıktan sonra, ellerini birbirine sürterek, "Demimizi aldık," dedi, "söyleyin şimdi!"

Gene her kafadan bir ses çıkmaya başladı:

"On iki buçukluk pirinç..."

"İki dene çivit boya ver hele şurdan..."

"Bizim lamba camını Mamıd Emmi..."

"Öyle mi bee... Bizim somunnarı vereceğdin..."

"!.."

"?.."

Dokumacı Sadri sigarasını hâlâ alamamış, elinde para bekliyordu. Hiç istemediği hâlde, gözü az ilerisinde kendisine bakmakta olan Camgöz Sadık'a kaydı. Deveci Çopur Halil'le bir şeyler konuşuyorlardı.

Arkasını döndü.

Çatmaya fırsat kollayan Camgöz Sadık, yanına geldi, Sadri'nin omuzunu dürttü.

"Arkanı niye döndün lan?"

Sadri cevap vermedi.

"Sana söylüyorum lan, bacısı güzel! Arkanı neye döndün?"

Az daha tezgâha sokulan Sadri, "Mahmut Emmi be," diye parayı uzattı, "şurdan bir cigara ver hele!"

Camgöz Sadık gene dürttü. "Laf soruyoruz ulan, ayı. Boş mu veriyorsun yani?"

"!.."

"Arkanı niye döndün lan?"

Sadri hırsla döndü. "Ayı sensin! Sennen konuşan var mı?"

Yumruğunu kaldıran Camgöz Sadık:

"Bak, başlarım anandan, bacından ha! Anam avradım olsun öfelerim! Sabahınan ağaya yediğin b..tan haberim yok mu belliyorsun? Dayımın sözünden çık da gör... Seni bu memlekette yaşatanın kibriyasını..."

İki şişe kırmızı şarapla yanlarına sokulan Deveci Çopur Halil, "Ne o?" dedi. "Kaynımı ne sıkıştırıyorsun gene?"

Camgöz Sadık öyle bir kahkaha attı ki, dükkân çınladı.

Kalabalıktan biri, "Gül kardaş, gül!" dedi. "Anan seni gül ayında doğurmuş belli!"

Sigarasını alan Sadri ağlayacak kadar hırslı, dükkândan çıktı. Berikilerde peşinden çıktılar. Yolun alt başındaki kebapçının yolunu tuttular.

Sadri, arkalarından nefretle baktı, yere tükürdü, bir sigara yaktı... Babasına bin kere söylemişti; alalım şu kızı fabrikadan baba, alalım şu kızı fabrikadan. Onun kazanacağı para yerin dibine geçsin. Başımıza bela olacak. Yok. Olmaz. Benim kızım şöyle, benim kızım böyle. Bu zamanda... Anama bile güvenmem diyor Musa. Doğru. Kız kısmı değil mi? Ne ana tanırlar, ne baba, ne kardeş. Gözlerine birini kestirdiler mi, bir gün yallaaah... Onun için boş ver...

Belki yüzüncü sefer Dokumacı Musa'ya hak verip bacısı Cemile'ye boş verdiği hâlde, bir türlü çekilip gidemiyor, altları delik kaba postalları üzerinde yorgun, fabrika kapısı önünde dolaşarak sigara içiyordu.

Saate baktı. On ikiye geliyordu. İplikhane tekmil boşalmış, Boşnak kapıcı kapının demir kanatlarından birisini kapamıştı. Kızın, çıkıp da kalabalığa karışarak eve gidip gitmediğini düşündü, ihtimal vermedi. Gözünü kapıdan ayırmamıştı ki... Son günlerde hep böyle oluyordu. Bütün işçiler çıkıyor, o neden sonra... Kâtiple konuşuyordu herhalde. Bunu istemiyor da değildi. Çünkü, oğlan ne de olsa bir kâtipti, okumuş yazmıştı, laf söz bilir, medeniyetten anlardı, Deveci Çopur Halil ya? Sonra kâtip İdman Yurdu'nda sağaçık oynuyordu, memlekette en iyi penaltı atan iki kişi varsa biri oydu.

Başının ağrısı gene başlamıştı. "Şu cenabet çıksa da gidip eve kafayı vursam!" diye düşünüyordu ki, bakkaldan çıkan Dokumacı Musa'yı gördü. "Gamsız," diye düşündü.

Yanına gelen Musa, "Ne bekliyorsun?" diye sordu.

"Hiç," dedi Sadri, "bizim enayiyi..."

"Neye? Çıkmadı mı?"

"Çıkmadı."

Musa göz kırptı.

"Neye?"

Sigarasının dibini bir fiskeyle fırlatan Sadri, "N'eblim ben," dedi.

"Herkes çıkalı milyon oluyor yahu..."

"Oluyor amma..."

"Haydi birer çay içek!"

"Canım istemiyor... Eve gidip vuracam kafayı."

"Bacın çıkana kadar içek işte birer çay..."

"Boş ver."

"Senin Nusret musret içerdeler, tartışma gırla gidiyor."

"Şimdi neredeyse çıkar, Cemile... Hem başım ağrıyor benim..."

"Çay parası benden. Korkma."

"Çay içecek paramız da mı yok artık..."

"Zımpara tozu dalgasını ağaya çıtlatmış mısın ne?"

"Kimden duydun?"

"Camgöz Sadık'tan... Onun habibini şaşıracam diyor."

"..."

"Sana ne de karışıyon bre oğlum. Onlarla uğraşılır mı? Bana baksana. Sakala göre tarak vururum... Neme lazım elin keçisiynen koyunu. Şimdi yeni dalgalar dönüyor. Para günü İtalyan'ı dövecekler. Ona bak sen."

"Sahi mi?"

"Onun için, girek de birer çay içek dedim sana, dinlemedin. Hem İtalyan'ı, hem de İzmirli Nusret'i filan... Sen geri dur, benden de duymuş olma. Bizim dokuma ustaları el altından işçiyi körüklüyorlar, iplikhane ustası da iplikhane işçisini. Tekmil ustalarla işçi birlik oldu, ağız birliği... Hani haksız da değil... Hangimiz memnunuz? Git gel sakızın dibi... İplik kopuğunu bağlamaktan bez dokuyamıyoruz. Bu paradan hiç umudum yok. İzzet'e bakarsan, sizi alet etmek istiyorlar, karışmayın, size bir faydası yok diyor, amma öyle değil kazın ayağı. İtalyan'ın kabahati olmasa bile, madem onun yüzünden kazançlarımız azalıyor, bassın gitsin, gitmezse Allahını şaşırmak lazım! Amma, gene de geriden seyirci olmak en iyisi... Sen zımpara tozu lafını ağzından kaçırmasan iyi ederdin!"

"Ağa sordu, ben de söyledim."

"Ağa sordu diye, karnındakileri hemen dökmek mi lazım?"

"Nusret daha beter yapmış."

"Ona ne bakıyon sen? Batağına gidiyor o. Atılganlık her zaman iyi değil. Suyu saman altından yürütmek marifet. Nusret'in gidişini beğenmiyorum ben!"

"N'olur?"

"Çocuksun. N'oluru var mı be? Bura fabrika... Ne olmaz? Her bir şey olur. En biri para günü. Millet İtalyan'ı döverken, bunu da kim vurduya getiriverir! Hadi birer çay içek."

Sadri'yi kolundan çekmek istedi, o gene direndi. "Şimdi nerdeyse çıkar... Çeyrek geçiyor on ikiyi!"

Musa:

"Benim bacım olsa..."

"N'apardın?"

"Bacağına bastım mı ayırırdım. Bennen oynuyor musun sen?"

"Bacın Zehra'nın bacağı onun için mi ayrık?"

"Dalga mı geçiyon lan, toy. Benim bacılarım benden çok büyük oğlum. O Zehra bacım yok mu, ben şu kadarmışım anam ölmüş, bana analık etmiş. Benim küçüğüm olmalı, böyle gecikmeli ki... Avrat kısmı değil mi, anam olsa şüphelenirim. Kafalarından yumruğu eksik etmeye gelmez. Kızını dövmeyen, dizini döver."

"Doğru..."

"Babanı zorla, alın fabrikadan onu. Şu meseleyi biliyon ya? Babanın kulağına bir giderse, Allahıma hem onu, hem de seni dilik dilik eder!"

"Bana ne? Bin kere söyledim fabrikadan alalım diye."

"Lan ne günler be... Senin baban da, benim babam da, memlekette Karun gibi zenginmişler. Ne vardı sanki o zenginliği bırakıp da buraya gelmekte? Saray gibi evimiz varmış... Tarlalar, bahçeler ki, tuuuu..."

"Şimdi olmalı ki," dedi Sadri, "sırtüstü yat... Benim babam da tutturmuş Karagöl'ü... Sekiz on dönüm tarladan ne çıkacak?"

"Heç canım. Vızırtı... O, bu değil ya, senin baban, istese oturduğu yerde zengin olur. Değil mi?"

"Söylemiyor muyum? Bize hiç acıdığı yok... Saç keser beleş, sakal kazır beleş, diş çeker beleş..."

"Kırık sarar, yakı yakar beleş değil mi?"

"Vallahi be... Halbuki para alsa da o paraları biriktirse."

"Köye giderken dolu paranız olurdu."

"Kim gidiyor köye? Boş ver yahu. Ne işim var benim? Şehir dururken... İstiyorsa kendi gitsin. Şu kızı baştan bir atsaydık, gerisi kolaydı.. Babam da çeker köye giderdi, ben burda oooh. Her hafta stadyuma giderdim, sinemaya giderdim. Değil mi?"

"Heye. Bu kız işi tatsız. Demin bakkalda Camgöz Sadık'ı o silik deveci kışkırttı. Git şu Sadri'ye çat, ben gelip ayırırım, dedi."

"Deveci Çopur Halil mi?"

"Heye."

"..."

"Bacısı güzel dedi, kaynım dedi, sesini çıkarmadın. İnsan yer mi bu lafları?"

"Ne yapayım Musa? Kolum kanadım kırık. Şöyle sağlam bir arkam olsa. Göğsüne vurmuşlar da vay arkam demiş..."

"Benim bacım olsa çalıştırmam, acımdan ölsem gene çalıştırmam!"

"Senin bacın çalışmamış mı?"

"Ben çocukmuşum. Şimdi olsa..."

"Çalışmasa benim kazancım yetmez. Aha geliyor. Yanındaki kim? Halime mi ne? Heye, Halime... O kız da benim hoşuma gidiyor efendi."

Musa:

"Sil ağzıyın salatasını lan! Deftersiz."

Sadri güldü.

Pamuk tozuyla ağarmış siyah önlükleri, beyaz başörtüleriyle kızlar hızlı hızlı geliyorlardı.

Musa:

"Eyice sıkarla ha! Kız kısmının başından yumruğu eksik etmeye gelmez, eyice sıkarla!"

"Dur sen," dedi Sadri, "bak şimdi n'apacam ona!"

Fabrika kapısının oraya dikildi, kaşlarını çattı; ellerini arkasına koydu, bir ayağını öne attı. Hindi gibi kabarmış bekliyordu.

Kızlar geldiler geldiler... Sadri'nin önünden geçerken dönüp bakmadılar bile.

Sadri, "Sist, efe!" diye seslendi.

Cemile derhal durdu, döndü. "Ne var?"

"Nerdeydiniz bu vakte kadar?"

"Sana ne?"

"Ne demek bana ne? Herkes çıkalı milyon oluyor. Bir saattir bekliyoruz."

"Beklemiyeydin. Bizi bekle dedik mi sana? Yörü kız, yörü."

Halime gülüverdi, Musa da. Kızlar yürüyüp gittiler.

Musa, "Kızın yanında heç piyasan yoğmuş bre herif!" dedi. "Aftos piyos geçti. Ben olsam, bacağına bastığım gibi..."

Kızların arkasından öfkeyle bakmakta olan Sadri, yere tükürdü.

"Ne fayda? Ben n'apim? Bir baba kızına bu kadar yüz verirse..."

"Bu kız senden erkek arkadaş. Seni tövbe piyasaya almıyor!"

"Sen de ne gıcık veriyon adama yahu?"

Kahkahayla gülen Musa:

"Almıyor işte, seni tövbe piyasaya almıyor!"

Sadri'nin gözleri doldu:

"Beni kimse piyasaya almaz arkadaş, ben dünyanın en aşağılık insanıyım... Sokaktaki itler bile piyasaya almaz beni... Var mı daha bir diyeceğin? Konuşma bennen!"

Çayhaneye taraf yürüdü.

Musa pişman olmuştu, koştu boynuna sarılmak istedi. Sadri silkindi.

"Bırak lan... Sen de..."

"Lan şaka ettik. Hiç de şakaya gelmezsin bre herif..."

"Böyle şaka mı olur yahu? Konuşma bennen. Şaka ediyormuş. Deyyusun kızını çekip vurim mi, onu mu istiyorsun?"

Tekrar koluna giren Musa onu çayhaneye çekti.

12

Camgöz Sadık'la Deveci Çopur Halil işçi mahallelerine giden yolun dönemecindeki kebapçı dükkânında şarap içmekteydiler.

Camgöz Sadık kebapçıya seslendi:

"Öyle mi be yiğenim?"

İriyarı bir Arapuşağı olan kebapçı, tezgâhından cevap verdi:

"Emret Sadık Bey!"

"Şu bizim şişleri gönderececğdin..."

"Derhal. Koşdur şişleri küçük!"

Dumanı tüten üç şiş kuşbaşı kebapla çırak geldi, şişleri kirli tabağa sıyırdı.

Camgöz Sadık, "Hâlâ içerde, bir bahane bulup kâtipnen konuşuyor!" dedi.

"Ne diyor Karakız?"

"O kadar laf ettim razı gelmedi, diyor."

"Kollarını burmaynan dolduracam diyor demiş mi?"

"Demiş."

"Şehirde konak tutacağmış diyeydi.."

"Demiş, hep demiş."

"Gözümün yağını yesin diyor da demiş mi?"

"Demez olur mu? Hani teyzemin kızı diye değil, abukat gibi laf bilir."

"Bir heye dese halbuki... Anam avradım olsun, tekmil develerimi satar, uğruna harcarım!"

"Kâtip olmasa..."

"Otuz kâğıt mayişnen kız mı sevilir yahu?"

"Kızın aklı işte. Haydi içek, şerefe!"

"Şerefin var olsun..."

Şarap bardakları kalktı, tokuştu, içildi. Yumruğunun tersiyle ağzını silen Deveci Çopur Halil, "Sana bir şey deyim mi? Biz bu kâtibe bir mektup yazak. Diyek ki, sen o kızdan elini çekdin çekdin, çekmedin kendini yok bil! Kâtiptir, efendiden adam... Efendiden adamlar korkak olur, kıza boş verir."

Camgöz Sadık:

"Bu ayak fos, oğlan pek de öyle ürkeceklerden değil. Gözü bayağı kanlı."

"Ne gibi?"

"Muhasebede yumruk atmadığı kâtip yok!"

"Kâtiplere yumruk attığına ne bakıyon sen? Biz onun yumruk attığı kâtiplerden miyiz?"

Camgöz Sadık:

"Değiliz, onun gibi iki dene daha olsa fos, fos ya. Oğlanı büsbütün kışkırtırız sonra, sevmeyecekse de sever bu sefer. Aha, bizim kız geliyor!"

"Hani?"

Karşı evlerin köşesinden çıkan Karakız'ı parmağıyla işaret etti:

"Deyha... Eğil benden taraf."

"Gördüm.."

"Çağırak mı?"

"Gelir mi?"

"Ben çağırırım da nasıl gelmez? Teyzemin kızı..."

"Daha ne duruyon bre Sadık."

Camgöz Sadık fırladı. Kızla dükkâna geldiler.

Karakız, "Ooo, Halil Ağam da burdaymış," dedi. "Sofrayı kurmuşsunuz..."

Sandalye ikram ettiler. Karakız masaya geçip oturdu.

Selam, sabah, hoşbeşten sonra Deveci Çopur Halil:

"E, ne var ne yok bakalım?"

"Sağlığın vallaha kardaş."

"Keyifler gıcır mı?"

"E... Küncü göneni. Şurdan bir tel fırça alayım dedim. Tahta silecem de!" Sonra birdenbire, "... Bugün, senin kâtibe ağa öyle bir iş etti ki, deme gitsin! Tadından, balından yinmez. Bizim iplikhane ustası siliktir, heye amma kertesine de geldi mi, taşı gediğine kor!" dedi.

"N'oldu?"

"...Ağa kelepleri dolanıyordu, o sırada Cemile'ynen konuşuyordu. Kâtip zıp diye iplikhaneye girmesin mi? Bizim usta, kâfir, ağaya bir şeyler fısıldadı, ağa kâtibe bir baktı, oğlanın rengi mengi geçti.. Yani bir kurşun sıksalar şuncacık kanı çıkmazdı!"

Camgöz Sadık:

"Ne dedi?"

"Sen ne geziyon burda kâtip, dedi."

"Beriki ne dedi?"

"Hık mık... Ağa da yallah, dedi, yallah burdan. Seni bir daha görmiyecem buralarda!"

Deveci Çopur Halil, "Bak hele yiğenim!" diye kebapçıya seslendi. "Bacı da geldi bak! Temiz bir bardak, eyi bir kebap mebap..."

Karakız:

"Beni hoş görsen Halil Ağa..."

"Niye bacı?"

"Eve gidecem vallaha kardaş, tahta mahta silecem."

Deveci Çopur Halil:

"Bütün fosilmişsin bre bacı! Bir iki bardak at, sonra git.. Tekmil kan be!"

"Huyum kötü. Ağzıma değdi mi gerisi gelmeli... Zaten canım da isteyip duruyordu."

"Daha ne Allahcı." Kebapçıya seslendi: "Yiğenim çakıyon ya, bacının kebabı beyti olacak, biberi miberi, sumağı mumağı... Sen bilin ha!"

Tezgâhından gülen kebapçı başını salladı.

Deveci Çopur Halil:

"Sonra?"

Karakız, "Senin dediklerini bütün anlattım," dedi. "Allah'ın emri peygamberin kavli üzre, kendini aile yapacam diyor, dedim..."

"Hökümat nikâhı da kıydıracak dedin mi?"

"Dedim."

"Kollarını burmaynan dolduracağımı?"

"Onu da dedim. Şehirde de konak tutacak sana dedim, seni hanım gibi köşede oturtacak dedim."

Camgöz Sadık:

"Der, teyzemin kızı be!"

"Ne dedi?"

"Bir kızdı ki..."

"Essahdan mı? Demek kızdı? Kâtibe yangın efendi... Akıl diyor çek dabancanı; dan dan dan..."

Camgöz Sadık lafa karıştı.

"Kâtibin ne kabahati var? Esas mesele kızda... Kız istemese kâtip şorda kalır. Bunnar muhacir oğlum... Kafaları bir şeye yattı mı, tövbe çeviremezsin!"

Karakız'ın bardağı gelmişti. Deveci Çopur Halil şarap doldurdu, hep birlikte kaldırıp tokuşturduktan sonra içtiler.

Camgöz Sadık devam etti:

"Hani biliyon mu Halil, şu senin iş olmasa, onların tekmil Allahını şaşıracam, amma belimi sen büküyon! Yoksa... O kardaşı var ya, o Sadri, onu bugün eyi bir öfelemekti niyetim. Ulan, dayım mesela değil mi, koskoca bir dokumahane ustası. Ona karşı ağız kullanılır mı? Dayım bir çağırdı odasına, gittim, dedim buyur dayı! Dedi böyle böyle, senin Sadri de İzmirli'nin ağzını kullandı. Ulan depem bir attı, dedim emret dayı, senin için... Dayım yahu! Ötesi var mı? Anamın ağası. Dayı demek ne demek?"

Bardağa sarıldı. Ötekiler de bardaklarını aldılar, gene tokuşturup içildi.

Ağzına iri bir et parçası atan Camgöz Sadık, "Belimi sen büküyon kardaş!" diye devam etti. "Şu senin iş bir tökezlesin, gör. Bunnara acımaya gelmez... Enselerinden kör bıçaknan kesecen!"

Soluk, esmer yanakları kızarmaya başlayan Karakız:

"Bacısı da bacısı da, o bacısı yok mu, kardaşından besbeter. Ağa kâtibi kovdu diye görsen, yüzünün eğrisi dizine indi. Ağaya bile çemkirdi be!"

Deveci Çopur Halil:

"Yoh be!"

"Yaa, görsen... Ağaya bir çemkirdi ki..."

Camgöz Sadık:

"Bunnar böyle! Bunnara acımaya gelmez! Sen ne yapacan, şu senin iş foslasın, bilirim ben yapacağımı!"

Karakız'ın kebabı sıcak sıcak tüterek geldi. Ortalığa kuvvetli bir nane ve pişmiş et kokusu yayıldı.

Bardaklar tekrar doldu, şerefe kalktı, içildi.

Ceketinin iç cebinden bütün bir on liralık çıkaran Deveci Çopur Halil seslendi:

"Yiğenim!"

Kebapçı koşarak geldi.

"Bize iki şişe kırmızı şarap daha aldırıver şurdan."

"Emret gözüm..."

Karakız:

"Anlaşıldı, beni bugün zilzurna edip ortaya düşüreceksiniz. Anlaşıldı."

"Canıyın bülbülü sağ olsun bre bacı," dediler.

"Sizin de canınız sağ olsun. Pilavdan dönen kaşığın sapı kırılsın!"

Karakız'ın sırtını avucuyla okşayan Camgöz Sadık:

"Hani, teyzemin kızı deyi söylemiyorum, bu fabrikada bi dene! Sebebine gelince..."

Karakız:

"Amaaan, bacında hayır mı kaldı? Siz beni dört beş sene evvel göreydiniz!"

Deveci Çopur Halil:

"Neyin var? Gene iyisin!"

Kıza arzuyla baktı.

Beriki gerdan kırarak:

"Bir saçlarım vardı, topuklarımda! Şimdi nerdeee. Bu fabrika insanda insanlık mı koyuyor..."

Çırak yeni şişeleri de getirdi. Birini açtılar, bardaklara böldüler.

Karakız, "Hızlı gidiyoruz çocuklar!" dedi.

Deveci Çopur Halil aldırış etmedi.

"Sabahnan elimden bir kaza çıkıyordu efendi, az kaldı..."

"N'oldu? Hayrola?"

Bardağına sarılan Deveci Çopur Halil:

"Hele, bi fırt daha içek."

İçtiler.

"... Şu çırçır kâtibi var ya, o işte... Adam belledik kendini, girdik yanına, oturduk bir iki. Bir de cigara yakdık. Tutturdu söndür cigaranı, burda cigara içmek yassah... Bir söyledi, iki söyledi, beş söyledi... Yahu arkadaş, dedim, herkese yassah olabilir, ben bu palikede ayrıcalıklıyım, ağa beni evladından çok sever! Yok. Bura palike, ağanın babasına bile yüzü yok. Depem bir attı. Lan dedim, senin istavrozunu, İsa'nı, Musa'nı, sin kef... Bir karakucak bir savurdum. Canı zati bilmem neresinde, başımıza adamdan sayacaklar. Bir şey değil, bösböyük başıynan yalan söylüyor. Göya ağa diyesiymiş ki, söyle ona cigarasını söndürsün. Böyle mi dedi, dedim. Heye, dedi.. Gettim ağaya, dedim ağa, sen mi emir verdin bu kâtibine böyle böyle? Dedi vallaha töbe Halil! Kanım su gibi aksın yalan! Senin ağan benim kardaşım, sense zati kendi belimden inmiş evladımdan ilerisin."

Şarabından içtikten sonra devam etti: "Çal kibridi yak palikeyi! Biliyorum efendi, dimez. Beni evladından ileri sever bir, bir de bizim ağaynan içtikleri ayrı gider. Neyse, dedim madem öyle çağır kâtibini! Çağırdı tabii derhal. Lan, dedi, ben mi sana böyle böyle emir verdim? Kâtiptir hık mık, hık mık.. Ağa bir huylandı efendi, dellendi. Dedi adam var, adamcık var, her kuşun eti yenmez! Ben bunu kendi öz evladımdan ileri severim, ağası dersen benim kardaşım. Bunnar kibridi çalar, yakarlar palikemi isterlerse. Ne ana kodu, ne avrat. Elinden almasaydım, habibini şaşıracağdı. Araya girdim de, dava bitmiş oldu. Lan şöyle bir zihnine vur. Her kuşun eti yenmez, bu adamı ağa öz evladından ileri seviyor. Hı? Ağası da palike sahabının arkadaşı, kardaşından ileri. Hı?"

İştahlı bir ağız şapırtısıdır gidiyordu. Bir ara Deveci Çopur Halil, "Aklımdan başka bir şey geçiyor!" dedi. "Düşünek, taşınak da.."

Camgöz Sadık:

"Ne gibi?"

"Şu kız dişini kesin olarak çeksin atsın."

“Ee?”
“E’si sağlığın. Bir gün bir tomafil, at tomafile...”
Camgöz Sadık’la Karakız bakıştılar.
Karakız:
“En temizi bu! Amma yaşı ufak daha.”
“Kaç?”
“Ya on dört, ya on beş.”
Deveci Çopur Halil:
“Olsun, onun uğruna mapıs da yatarım, ipe de giderim! Hadi, şerefe!”
İçtiler.
“Paradan yana, denizde kum, bizde para.”
“Ağzı sıkı şoför de gerek...”
“Var, o da var... Yanında adam boğazla.”
“Daha ne öyleyse? Kesenin ağzını açtıktan, ağzı sıkı şoförü de bulduktan sonra...”
Dükkâna Arnavut Ömer girdi. Etrafa bakınırken onları gördü. Onlar da onu görmüşlerdi zaten.
Deveci Çopur Halil:
“Buyur kardaş! Gelsene!”
Arnavut Ömer ufak bir tereddütten sonra bir sandalye alıp geldi.
“Merhaba!”
“Merhaba, merhaba, merhaba... Cümleten merhaba.”
“Ne var ne yok bakalım?”
Arnavut Ömer:
“Hiç, sağlık. Sennen biraz konuşmak istiyorum Sadık.”
“Emret kardaş, ne zaman istersen...”
“Sonra, burdan çıktıktan sonra...”
“Olur kardaş, ne zaman istersen...”
Karakız:
“Canın sıkkın gibi duruyon Ömer Ağa?”
“Sorma bacı... Burnumu tutsalar canım çıkacak.”

Deveci Çopur Halil kebapçıya gene seslendi:

"Yiğenim be... Temiz bir bardaknan bir de kebap yap bizim kardaşa!"

Kebapçının geniş ağızlı kocaman bıçağı tahta üzerinde keyifle tıkırdamaya başlamıştı.

13

Cemileler Dokumacı Musaların avlusunda oturuyorlardı.

Tapu ve kadastro kayıtlarında "bir küçük ev" olarak gözüken 368 plaka numaralı ev, mahallenin öteki evleri gibi yıkılmaya yüz tutmuştu. Yağmur yiye, güneşte kuruyup çatlaya, fırtınalara göğüs gere aşınmış, öne kaykılmış, bütün tahtaları çürümüştü.

Üst kattaki yan yana iki odadan sağdakinde Dokumacı Musa, karısı ve dört çocuğu; soldakinde de Musa'nın babası, analığı ve babasının doksan beşlik annesi Tetka Bielka* oturmaktaydılar. İki odayı birbirinden ayıran duvar delik deşikti, damın paslanmış kiremitleri de kırık veya çatlak olduğundan, kuvvetli yağmurlarda tavan yer yer akar, hemen hemen hiç kaldırılmayan yataklar sırılsıklam olurdu.

Alt kattaki odalardan birinde İzzet Usta, öbüründe de Cemileler aylığı ikişer buçuk liraya oturmaktaydılar.

Bundan başka, kocaman avluyu çevreleyen yan yana odalar da birer buçuk, ikişer lira aylıkla fabrika işçilerine kiralanmıştı. Otuz, kırk aileyi barındıran bütün bu avluya kısaca "Musaların avlusu" denirdi.

Oda kapısını itip giren Cemile, babasını pencere önüne bağdaş kurmuş, bileğitaşında ustura bilerken buldu.

"Babilo, kolay gelsin!"

---

* Beyaz Teyze.

Beyaz çerçeveli gözlüğünün üstünden kızına bakan ihtiyar Malik, karşısındaki rafta çıtırtıyla işlemekte olan çalar saate gözlerini çevirdi.

Babasının ne demek istediğini anlayan Cemile:

"İşim vardı! İdareye çıktık Halime'yle... Öyle iplik kopuyor ki, şaşırdık kaldık. Hiç iş çıkaramıyoruz. Bu İtalyan geldi geleli işlerimiz adamakıllı bozuldu. Böyle giderse yandık."

Usturasını bilemeye devam eden ihtiyar Malik, işinden başını kaldırmaksızın, "Senden başka idareye çıkacak kimse yok muydu?" diye Boşnakça sordu.

Cemile:

"Yoktu! Arkadaşlar illa ki beni istedi."

"Ağabeyin nerde?"

Cemile'nin kaşları çatıldı. Başörtüsünü sinirli sinirli çıkarıp merdivenin tırabzanına attı.

"Ha? Nerde ağabeyin?"

"N'eblim ben?"

"Nasıl bilmezsin?"

"Kâhyası değilim ya!"

Kızına uzun uzun bakan ihtiyar Malik başka bir şey sormadı.

Neden sonra Cemile, devam etti:

"Bin kere söylüyorum, sokakta yanımda, arkadaşlarım varken benimle konuşma, diye. Hayır, inadıma, konuşacak! Ellerini arkasına koymuş, kaşlarını da çatmış, bellersin dünyayı fethedecek! Neredeydiniz? Herkes çıkalı milyon oluyor... Kendini piyasaya alan varmış sanki. Tepem bir attı, sana ne ulan, dedim yürüdüm. O öyle kabadayılık yapamazdı, ama yanında akıl hocası vardı gene, hep ondan!"

"Kimmiş o?"

"Şu Musa serserisi."

"Demek ellerini arkasına koymuş."

"Vallaha be... Sana ne ulan, dedim yürüdüm. Bir bozuldu ki..."

Dişsiz ağzıyla uzun uzun gülen baba, "Oğlumun hatırına dokunma!" dedi.

"O niye benim inadıma iş yapıyor?"

"O senin büyüğün. Oğlumun hatırına dokunursan, karışmam Cemka! Külahları değişiriz."

"İnadıma iş yapmasın, dokunmayım hatırına. Cin damarıma niye basıyor? Çocuk muyum ben?"

Kızına küskün küskün bakan ihtiyar, başını hafifçe sallıyordu. Cemile koşarak merdiveni çıktı, gitti babasının kalın kemikli dizine oturdu, boynuna sarıldı.

İhtiyar Malik, "Oğlumun hatırına dokunmazsan, başımın üstünde yerin var! Dokunursan... Çünkü, bu dünyada onun senden, senin ondan başka kimseniz kaldı mı? Yarın ben de gözlerimi yumuverirsem..."

Cemile babasının boynuna daha kuvvetle sarıldı, ihtiyarın kısa, sert sakallı, kupkuru yüzünü öpmeye başladı.

"Babilom benim, şeker Babilom... Kızkonu kimlere bırakacaksın? Kızkon ağlar sonra!"

"Eeeh... Anamız, babamız bizi kimlere bıraktıysa kızım... Yer yarığından çıkmadım ya ben de. Benim de bir babam vardı, anam vardı, dedem, halalarım, dayılarım, teyzelerim... Hani? Nerdeler?"

İçini çekti. "Hepsi de kara toprak oldular. Ölümlü bir dünya bu. Bir varmış bir yokmuş!"

Cemile'nin saçlarını okşuyordu.

"Her şey yalan, her şey rüya. Sekiz kardaştık biz. Karagöl'dekinden gayri altısı nerde? Onun için, birbirinize sahip olun, birbirinizin kalbini kırmayın, acı söz söylemeyin, sevin birbirinizi! Gün gelecek, sizin de çocuklarınız olacak, siz de onları dizlerinize oturtup..."

"Amaaan sen de be Babilo!"

"... Seveceksiniz..."

İhtiyar Malik'in gözleri parladı.

"... Köyümüze gidince, ooh! Dünyaya kapımı kapayacağım. Çocuklarım itin köpeğin şerrinden kurtulacaklar. O zaman Cemka istediğin kadar uyu! Hiç karışmam. İstersen öğlene kadar... Amma inekleri sağmayı unutmak yok ha!"

Kızı omuz başlarından kuvvetle kavradı.

"Sen inekleri sağacaksın Cemka, bir de yemeğimizi pişireceksin. Ağabeyinle ben de çift süreceğiz, patates, buğday, nohut ekeceğiz, mahsulümüzü kaldıracağız. Senin işin kolay, inek sağmak, yemek pişirmek, arada sırada duvara tezek kapamak."

"Bulaşık yıkamak, çamaşır yıkayıp, tahta silmek... Bunları niye unuttun?"

İhtiyarın gözleri daha çok parladı.

"... Sonra Cemka, ne düşünüyorum biliyor musun? Seni istediğim gibi birine, şöyle helal süt emmiş, beş vakit namazında birine vermeyi..."

"Baba!"

"... Fakir olsun, fakirlik ayıp değil, biz de fakiriz. Yeter ki damadım namuslu olsun."

"Sana küstüm ben Babilo!"

"... Oğluma da namuslu, helal süt emmiş bir kızcağız buldum mu... Eh gayri... Ondan sonra beklerim torunlarımı. Onları ellerinden tutsam, kahveye götürsem. Kahvede sorsalar, neyin diye... Göğsümü gere gere, torunlarım desem... Omuzuma tırmansalar, gözümden gözlüğümü alıp yere atsalar... Gözlüğümün camı kırılınca sen amma da ifrit olursun ha! Halbuki sen onlardan besbeterdin. Annen hamur yoğururdu, sen ikide birde burnunu sokardın da annen oklavayla vururdu sana. Hele bir gün? Bir sepet yumurtayı atmış atmış kırmış, atmış atmış kırmıştın da, sofanın deliklerinden sarı sarı akmıştı. Sen onlardan daha ziyankârdın, hınzır seni derim, dövdürmem torunlarımı."

"Baba yeter, be baba!"

"... Aletlerimi de karıştırsınlar isterse, isterse ilaçlarımı da birbirine katsınlar..."

"..."

"... Onlara hiç darılmam ki ben!"

Kızının saçlarını öptü.

"... Bir de ne istiyorum biliyor musun? Dışarıda adam boyu kar, fırtına, kurt sürüleri... Üç beş ihtiyar toplanmalıyız bizim ocağın başına, sürmeliyiz cezveleri, tüttürmeliyiz cigaralarımızı, başlamalıyız memleketten, eski günlerden konuşmaya!"

Avuçlarını açtı. "Hey Yarabbi. Sen bilirsin!"

Gözleri daldı. Son günlerde bu türlü hayallere kendini fazlaca kaptırıyor, Türkiye'ye ilk geldikleri zaman, hükümetin iskân edip verdiği on beş dönümlük tarlanın bulunduğu Karagöl Köyü'nü dilinden düşürmüyordu.

Babasının hayallerini dağıtmamak için Cemile kalkmıyor, hatta kımıldamıyordu. Halbuki bugün ne kadar çok iş vardı.

İhtiyar Malik, "Bir de," diye devam etti, "karıcığımın yanına gömülmek istiyorum. Mezarımı kendi elimle kazıp hazırlayacağım. E mi Cemka? Beni karımın yanına gömeceksiniz değil mi?"

Babasının dizinden kalkan Cemile, "Beni gene ağlatmak mı istiyorsun?" diye çıkıştı. "Mezar, ölüm, ne bu? Lanet olsun mezara da ölüme de!"

Tekrar usturalarını bilemeye koyulan ihtiyar Malik, başını işine eğdi.

Cemile, yamalı, fakat tertemiz sofra bezini yere yaydı, yuvarlak hamur tahtasını üstüne koydu, büyük bir maşrapayla su getirdi. Ekmeği doğradı. Sonra aşağı indi. İsli, kocaman yemek tenceresini aldı geldi, kapağı açtı. Odanın içine sıcak bir soğan yahnisi kokusu yayıldı.

Cemile, "Ooo Babilo! Ellerine sağlık. Mis gibi kokuyor. Şu kocaoğlan gelse de başlasak atıştırmaya!"

Birdenbire aklına başka bir şey geldi, kalktı. Merdivenleri koşarak indi, gitti bulaşıklar için ocağa su oturttu, altını yaktı.

"Babilo," diye seslendi, "bugün yemekten sonra sen de, ağabeyim de yıkanacaksınız. Uyutma onu ha... Üstünü değişsin."

"Sen?"

"Ben de yıkanacağım, ama çamaşırdan sonra."

Bu sırada avlu kapısında berrak bir kahkaha duyuldu. İzzet Usta'nın kız kardeşi Bankocu Güllü'ydü. Cemile'nin yanına geldi.

"Seninkiler kebapçıda kafayı kafaya vermişler..."

Cemile, "Yavaş söyle," dedi, "benimkiler kim?"

"Deveci, Camgöz, Karakız..."

"Karakız da mı? Allah belasını versin. Utanmıyor da..."

"Çamaşır mı yıkıyacan?.."

"Heye bacım... Dünya kadar işim var bugün. Hem yıkanacağız, hem de çamaşır."

"Geç kalmışsın."

"N'apim, geç çıktık fabrikadan."

Gülüverdi Güllü:

"Edepsiz! Babana söyleyim mi?"

Güllü'nün boynuna sarılan Cemile, kadının hafif çilli, tombul yanaklarını öpücüklere boğdu.

Beriki:

"Yeter yeter, tüketme hepsini, kâtibe de lazım!"

"Tuh. Edepsiz karı!"

"İplikhaneden kovulduğu için ne diyor?"

"Hiiç. Numan Bey'e çıkmış anlatmış, maaşına on lira zam kazanmış."

"Aferin. Gözü açık desene. Nenesini ne zaman gönderecekmiş?

"Bilmem bacım.. O hemen göndermek istiyor ama... Babama güvenemem ki... Kadını kovar diye ödüm kopuyor. Tutturmuş bir Karagöl..."

"Allah kahretsin Karagöl'ü! Herkes Karagöl'den Çukurova'ya kaçıyor, bu, Çukurova'dan Karagöl'e... Bu adamın her işi ters ha Cemile... Hiç akıl yok. İlaç verir beleş, saç tıraş eder beleş, sakal kazır beleş..."

"Gene ver ediyor, ustura biliyor!"

"Akıl yok onda bacım, tövbe yok... Kız, istersen bu kâtibin meselesini babana açayım?"

"Valla bilmem ki Güllü... Sen istersen ağabeyine aç, o da babama... İzzet Ağabeyimin sözünden hiç çıkmıyor babam..."

"Olur. Ağabeyime açarım..."

"Sen nereye gidiyorsun şimdi?"

"Hiç. Ağabeyimlere. Yengem gene hastaymış. Ölecek ölemiyor o da. Küt küt öksürüyor, kan tükürüyor, dispansere gitmez. Neymiş, hava vereceklermiş. Koskoca kadın, korkuyor. Bir şey değil, şu fabrikayı bırak bari diyoruz, yok bırakmaz. Makinesinin başında ölecekmiş. Herkes bir türlü deli, bacım. Bakıyorum da, herkesin kafasında bir başka şey..."

Cemilelerin bitişiğindeki odaya doğru yürüdü.

Ocağı parlattıktan sonra Cemile tekrar içeri girdi. Babası hâlâ ustura bilemekteydi.

"Nerde kaldı bu ağabeyim de baba?"

İhtiyar Malik cevap vermedi. Gözlüğünü çıkarıp kılıfına koydu. Usturalarını sildi, bileğitaşını kuruladı, küçük el çantasına tam yerleştirirken, Sadri dargın yüzüyle içeri girdi.

Babasına göz kırpan Cemile, "Teh! Kocaoğlan'daki çalıma bak!" dedi.

Yumrukları belindeydi.

Sadri cevap vermedi, bakmadı da. Merdivenin alt basamağına oturdu, kabaralı postallarının bağlarını çözmeye başladı.

Cemile devam etti:

"Kaşlarını çatmış, ellerini de arkasına koymuş mu? Öf... Dünyayı fethedecek!"

Babasına tekrar göz kırptı.

"... Sanki kendinden de korkan varmış. Ulan uyuz, seni piyasaya alan kim?"

Bağları çözük postalları üzerinde birdenbire doğrulan Sadri, "Nerde senin gibi namussuz bir kardaş var, Allah bin türlü belasını versin!"

"Senin belanı versin.. Ne biçim laf o?"

"Alacağın olsun senin bundan sonra..."

Cemile dilini çıkardı.

"Çıkar çıkar, dilini çıkar sen... Bundan sonra değil beklemek, görsem ki kolundan tutmuş sürüyorlar, yanına sokulanın Allah belasını versin!"

Cemile:

"Sen bacına acırsın, bilmem mi ben seni? Senin yüreğin yufkadır..."

"Yufkadır heye, yufkaymış!.. Görürsün sen bundan sonra..."

Birdenbire sinirlenen Cemile:

"Amaan, benim hiç kimseye eyvallahım yok arkadaş! Kimmiş beni kolumdan tutup sürütecek? Adamın alnını karışlarım! Kolumdan tutup sürüteceklermiş. Yağma vardı, dağ başıydı burası... Bir insanın kendinden olmazsa hiç kimse bir şey yapamaz..."

"Sen öyle bellersin. Herkes Sadri değil."

"Sürütsünler de görelim..."

"Eh, belli olmaz..."

Postallarını çıkarınca odaya pis bir ayak kokusu yayıldı.

Cemile, "Amman ağabey; kurban olayım..." dedi. "Git yıka şu leş ayaklarını!"

Sadri merdivenleri yarı çıkmıştı. Hiç itiraz etmedi. Kocaman bir çocuk uysallığıyla merdivenleri indi, ayaklarını yıkamaya gitti.

"Kocaoğlan tam kızmış ha Babilo!"

Babası tekrarladı:

"Oğlumun hatırına dokunma! Oğlumun hatırına dokunursan hakkımı helal etmem sana!"

Ayaklarını yıkayıp dönen Sadri:

"Ulan namussuz, seni bekliyorsam fenalığına mı bekliyorum? Bu dünyada benim senden, senin benden başka kimimiz var?"

Ağabeyinin boynuna sarılan Cemile:

"Canım ağabeyciğim, şekker ağabeyciğim benim!"

Sadri itti:

"Hadi, hadi... Canım ağabeycimmiş... Ben senin canın değil, en büyük düşmanınım."

Cemile ağabeyini zorla öptü.

"Ulan, huyumu bilirsin... Cart curta gelebilir miyim ben hiç?"

"Sana kim cart curt etti?" Babasına döndü. "Bir saat kendisini bekledik, ayaküstü. Yanında da şu Halime vardı. Neden sonra çıktılar," Kız kardeşine baktı. "Ulan gördün işte, kardaşın bu, eşek başı değil ya! İnsan döner bakar. Şu Musa'nın yanında, doğru muydu yaptığın? Herif zaten lafçının biri." Babasına, "Bellersin alay kumandanı! Bir tavır, bir zavur. Herif bizi yırtıp geçiyor..." Kız kardeşine, "Aslanım, elin oğlu yarın bozar fiyakanı! Herkes Sadri değil!"

"Şimdi kafana bir şey indiririm ha! Terbiyesiz. Başucuna otursun elin oğlu!"

Sessiz sessiz gülmekte olan babaları, "Birbirinizi incitmeyin çocuklar!" diye tekrarladı. "Birbirinizin hatırına dokunmayın!"

"Neye terbiyesiz laf söylüyor?"

"Ne dedim? Elin oğlu fiyakanı bozar dedim."

"Derdin dibi!"

"Karnına!

"Artanı da koynuna!"

"İt it!" dedi Sadri. "Şuna bak, haza it!"

"İtim evet.. Cart curta gelemem ben. Cart curt oldu mu, it damarım kabarır! Bunu böyle bilmelisin, ona göre.."

Babayla oğul kahkahalarını salıverdiler. Cemile de güldü. Mesele kalmamıştı...

Sofraya oturuldu. Ekmeklerinin içlerini babalarına verdiler, kabukları kendilerine kaldı, ihtiyar adam sert lokmaları çiğnemekte zorluk çekiyordu.

Odanın içine iştahlı bir ağız şapırtısı yayılmıştı. Sulu bir lokmayı ağzına atarken Sadri üstüne damlattı. Cemile gördü:

"Terbiyeli ye ulan!"

"Ne o? Başladın mı gene?"

"Başlarım tabii. Üstüne döküyorsun. Terbiyeli yesene!"

"Hani?"

"İşte, kör müsün?"

Sadri baktı, gördü, güldü.

"Bacımın canı sağ olsun, yıkar."

"Evet, yıkar. Babanın uşağı vardı. Bütün gün makine başında anam ağlıyor benim, bir de..."

Bu sırada tavan yukarıdan vuruldu. Dokumacı Musa'nın sesi duyuldu:

"Ne o toy? Barıştın mı ne?"

Cemile, "Şu heriften de hiç rahatlık yok!" diye söylenerek entarisinin eteğiyle, açık dizini örttü.

Sadri, "N'apim kardaş?" diye cevap verdi. "Yüzünde şeytan tüyü var!"

"Ayıp ayıp... İnsan tükürdüğü tükrüğü yalar mı?"

İhtiyar Malik'in kalın kaşları birden çatıldı, yüzü azgınlaştı. "Ne yapsın?" diye Boşnakça bağırdı. "Çeksin vursun mu?"

Musa'nın babasının kalın sesi duyuldu:

"Musaa!"

Birkaç lokma sonra ihtiyar adam sofradan çekildi. Zaten pek boğazsızdı. Sırtını duvara dayadı. Çocuklarının kurt gibi yemelerini zevkle seyre başladı. Bir ara iki kardeş sahanda iri bir et parçasını aynı zamanda görüp atıldılar. Biri bir ucundan tuttu, biri bir ucundan.

"Bırak!"

"Sen bırak!"

"Asıl sen bırak!"

"Neden? Sen bırak asıl!"

"Ben senden önce gördüm, bırak!.."

"Vaaay, benden önce görmüş... Asıl ben senden önce gördüm!'

Dizüstü kalkan Cemile:

"Ulan bırak şunu diyorum sana işte, bırak şunu!"

İhtiyar adam öyle güldü ki, gözlerinden yaş geldi.

Nihayet et koptu. Cemile kıçüstü oturdu. İri parça Sadri'ye gitmişti, ağzına atıverdi.

Cemile:

"Terbiyesiz! Dert ye e mi!"

Sadri aldırış bile etmedi.

14

Yemekten sonra Sadri elini ağzını sabunladı, koca bir tas su içti, pencerenin önünde daima serili duran kola kokulu yatağına girdi, uyumaya hazırlandı.

Cemile, "Aman ağabey, gözünü seveyim yatma. Değiş çamaşırını ondan sonra..." dedi.

Sadri'nin bohçasını sandıktan çıkardı, ağabeyine temiz çamaşır verdi.

Sadri istemeye istemeye kalktı. Gene başının ağrısı tutmuştu. Gözkapakları ağırlaşmış, şakakları zonkluyordu. Sırtındakileri çıkarıp temiz çamaşır giydikten sonra tekrar yatarken, Cemile, "Ders n'oluyor? İzzet Ağabey uyandırır vallahi, karışmam!" dedi.

"Başım ağrıyor."

"Bilmem, uyandırır. Ben de uyandıracağım zaten, yıkanacaksın!"

Sadri homurdandı, yorganın altında sağa sola kımıldandı, sonra hareketsiz kaldı.

Cemile sofrayı kaldırdı. Dışarda, Dokumacı Musa'nın çocuklarının çelik çomak oynadıkları avlunun kenarındaki ocakta kaynayan bulaşık suyunu yere indirdi, sonra çamaşır kazanını istemek üzere, üst kata, Dokumacı Musalara çıktı.

Musaların odası her zamanki gibi karmakarışıktı. Çivilerden düşmüş entariler, altüst yataklar... Odanın içi sidik kokuyordu.

Musa'nın karısı Zahide kısa boylu, eğri bacaklı, karnı burnunda bir kadındı. Cemile kendini bildi bileli bu kadını hep karnı burnunda hatırlar. Kapının eşiğine oturmuş, kocasının gömleğini siyah tireyle* dikiyordu. Saçı başı darmadağındı. Açık yakasından görünen memeleri boşalmış ve pörsümüştü.

Karısının tam tersi olan yusyuvarlak Musa'ysa otuzunu aşkındı. Yatağında yarı çıplak uzanmıştı. Cemile oda kapısında görününce toparlanmaya bile lüzum görmedi.

Cemile sakınınca, beriki, "Zarar yok, zarar yok, yabancı değiliz!" dedi.

Sonra, "Aferin!" diye ilave etti. "Aferin Cemka! At da sana avrat da..."

"Niye?"

"Oğlanın fiyakasını tam bozdun!"

Cemile dudak büktü. "O, benim kusuruma bakmaz."

Zayıflıktan eğri eğri bakan Musa'nın karısı, "Vallaha ki, kardaşı değil mi?"

"Biz bir şey demedik zaten... Amma benim bacım bana öyle çemkirse.."

Cemile sertçe döndü. "N'apardın?"

"Ne mi yapardım? Bacağına bastığım gibi..."

Cemile, "Hadi be Zahide Abla!" dedi. "Sonra dikersin. Ver şu kazanı!"

Kocasının gömleğini eşiğe bırakan Zahide, eğri bacaklarıyla sofanın avluya bakan demir parmaklıklarına doğru gitti. Kazan ordaydı. İçinde birtakım bezler, kirli çamaşırlar ıslanmıştı. Mavi damarları firlak, kupkuru elleriyle kazanı bakır bir leğene boşalttı.

"Al! Çalkalayıver..."

Ayaküstü fısıltıyla konuşmaya başladılar.

---

* Pamuk ipliği.

Kadın. "Günüm doldu! Bugünlük, yarınlığım," dedi. "Senden başka güvenecek kimsem yok bacım..."

Kadının çirkin bir şekilde firlamış, yüklü karnına bakan Cemile,

"Sancı geliyor mu?" diye sordu.

"Gelmiyor daha amma, yakın herhalde."

"Vaktin ne zaman tamam olursa, bana seslen, tavanı vur, gelirim. Gününü, saatini bilsem, işe de gitmezdim."

"Allah razı olsun bacım. Bu iyiliğini hiç unutmayacağım!"

"İnsan insana lazım olur."

"Bu sefer korkuyorum. Cemka!"

"Niye?"

"Üryasını gördüm!"

"Nasıl gördün?"

"Kimseye söylemezsin değil mi?"

"Huyumu bilmez misin Zahide Abla?"

"Hem üryamda gördüm, hem de karnımda ağladı!"

"Hadi!"

"Vallaha... İki sefer ağladı. Üryasını da gördüm. Bu sefer benden hayır yok. Çocuklarıma acıyorum, dökülüp kalacaklar..."

"Kaynananla hâlâ küs müsün?"

"Allah belasını versin öyle kaynananın. Ölüyorum desem, bir yudum su vermez!"

"Tavanı vur, beni çağır bacım. Uyursam bile gene çağır."

"Allah razı olsun, Allah her tuttuğunu altın, seni iki cihanda aziz etsin!"

Koynundan küçücük bir çıkın çıkardı.

"Bunu al! İçinde bir altın yüzük var. Sende dursun. Anneme annesi daha memleketteyken yadigâr etmiş, annem de bana. Ben de kızıma bırakmak istiyorum, lakin belki de ölüveririm. Kızım küçük, takamaz, saklayamaz da. Babası dersen götürür satar. Sende kalsın, kızım büyüyünce verirsin, sütüne..."

Cemile gözlerini çıkına dikmişti, almak istemiyordu.

Kadın, "Al!" diye ısrar etti. "Senin sütün temiz, sana güveniyorum!

"Allah gecinden versin bacım. Ağzını hayra aç."

"Ben üryasını gördüm, hem de karnımda ağladı. Al!"

Cemile çıkını aldı, koynuna soktu. Kazanla birlikte merdivenleri inmeye başladı.

Arkasından yarı öfke, yarı arzuyla bakmakta olan Dokumacı Musa, içeri giren karısına, "Fıs fis ne konuştunuz gene?" diye sordu.

Kadın tersledi:

"Sana ne? İki kişiye bir laf!"

Az evvel kalktığı eşiğe tekrar oturdu, kocasının gömleğini aldı.

Musa:

"Lakin, Lokman Hekim'in ye dediği oldu bu kız ha!"

Duru mavi gözleriyle kocasına halsiz halsiz bakan kadın, kıskanmadı. Çocuk doğurmak, şif denilen kurumuş koza kabuğu, yahut tezek ateşinde tencere kaynatmak, boklu bez veya çamaşır yıkamak, Musa'nın işi ters gittikçe de çocuklarını ortaya saçıp fabrikaya gitmekten başka her şeyi unutmuştu.

"Malik Amca'dan isteyelim sana!"

Musa kurnazca güldü:

"Onun kâtibi var!"

"Hadi hadi. Girme günahına kızın. Altın gibi kız o!"

"Biz bakır demedik... Günahı da boynunda kalsın, bana ne? Peşine düşen düşene... Hele bir deveci var, hepsinden beter."

"Paralı mı bari?"

"Kim? Deveci mi?"

"Kâtip?.."

"Kâtip diyorsun, paralı mı diye soruyorsun. Paralı olsa kâtip olmaz. Otuz kâğıt bir maaşı var."

"Yeter. İki gönül bir olduktan sonra..." Burnundan kıl koparıp hapşıran Musa, bir camız yavrusu gibi, bir yandan bir yana döndü.

Cemile çamaşır kazanını iyice çalkaladıktan sonra ocağa oturttu, suyu doldurdu, altını da güzelce parlattı.

Sürekli bir hareket hâli olan avluda, Musa'nın sarı saçlı oğluyla mahalle çocukları çelik çomak oynuyorlardı. Cemile havaya baktı. Kirli, parça parça bulutlar birbirini kovalıyordu. "Yağmur var galiba!" diye aklından geçirdi. Geç kalmıştı. Şimdiye kadar su çoktan ısınmış, çamaşıra da oturmuş olmalıydı.

Odaya geldi. Babası, gözünde gözlük, çorap yamıyordu.

"Yaşşa be Babilo! Şu Babilom akıl etse de kocaoğlana birkaç çift çorap yamasa diyordum ben de."

Babası usulcacık güldü.

"Oğlan uyuyor mu ne?"

İhtiyar Malik işinden başını kaldırmaksızın, "Başı ağrıyormuş," dedi.

"Niye?"

"Bilmem? Söylemiyor ama, bir şeyler var bu oğlanın başında. Bana öyle geliyor."

Cemile merdivenleri çıktı, gitti yorganı kaldırdı, ağabeyinin ateş gibi yanan, terli alnına avucunu koydu.

"Çok ateşi var!"

Babası da baktı, başını salladı. Kaşları gene çatılmış, yüzü korkunçlaşmıştı.

Cemile:

"Aspirin versek mi?"

"Yıkanmaya uyandırdığımız zaman veririz."

"Yüreğime batıyor be Babilo..."

"Ne?"

"Keşke hatırına dokunmasaydım."

Babası içini çekti, gözlüğünün üstünden baktı.

Cemile, ağabeyinin terli ve sıcak alnını öptü. "Keşke onun yerine ben hasta olsaydım.."

İhtiyar adamın aklından gene Karagöl geçti. "Ne yapıp yapmalı, bu çocukları fabrikaya yem olmaktan kurtarmalı!"

Cemile yorganların yüzünü söktü, pencerenin perdesini çıkardı. Bu perdeleri yeşil, pembe, mor ipliklerle geçen yıl Güllü işlemişti.

Bohçasından kendine de çamaşır çıkarıp alt eve indi. Çamaşır değişti. Sonra, duvarın kovuğuna soktuğu âdet bezlerini tomarıyla aldı, çamaşır sepetinin altına sakladı. Bunları babası, yahut ağabeyi görecek diye ödü kopardı. Oysa, babası bir gün alt evde keser ararken bunları bulmuş, gülmüş, tekrar yerine sokmuştu.

Geçen yıl dikilen, şimdiyse iyice dar ve kısa gelen mavi üzerine kırmızı çiçekli pazen entarisini giydi. Göğsü iki sert yuvarlak gibi fırlamıştı. Utandı. Sonra, "Adam sen de..." gibilerden elini sallayarak, uzun kara donunu üstüne çekti, kirli sepetiyle alt evden çıktı, ocağın yanına geldi.

Su henüz ılımamıştı bile. İyice ısınana kadar ne yapacağını düşünürken, aklına alfabesi gelince, tekrar odaya koştu.

"Babilo... Sandıktan alfabemi versene!"

İhtiyar adam, "Bugün de mi?" dedi. "Kalsın bugün."

"Ver ver... Kalmasın... Su ısınana kadar..."

İhtiyar adam kalktı, yeşil boyalı tahta sandığı açtı, bohçaların üstünde duran alfabeyle defteri alırken, Cemile'nin beştaşı bohçaların arasına döküldü.

İhtiyar Malik alfabeyle defteri kızına uzattı.

15

Pencerenin önüne yan üstü uzanmış, gözünde gözlük, kalın bir kitabı okumakta olan İzzet Usta, başını bir an kitaptan kaldırdı, tatlı tatlı gerindikten sonra, karşısındaki yatakta sırtüstü uyumakta olan karısına uzun uzun baktı. Kadın, hafif hırıltılarla uyuyordu. Yüzü balmumu gibi sarıydı. İzzet Usta birden ürktü. Sarılığı her zamandan fazla bulmuştu, bu kadar sarı olmaması lazımdı. Karısının ayakucunda bir şeyler dikmekte olan kız kardeşi Güllü'ye, "Şu perdeyi kaldır!" dedi.

Yengesinin yanındaki pencerenin perdesini kaldıran Güllü, ağabeyine baktı, bakıştılar.

İzzet Usta, "Ne diyor?" diye sordu.

Güllü:

"Hiç.. İnadım inat... Ölürsem makinemin başında ölürüm, diyor."

İki kardeş bakışlarıyla konuşurlarken, kapı usullacık açıldı, elinde alfabesiyle defteri, Cemile girdi.

Kitabının yaprağını kıvırıp pencerenin içine kaldıran İzzet Usta, gözlüğünü de çıkarırken:

"Nerede ağabeyin?"

"Hasta.."

"Nesi var?"

"Bilmem. Başı ağrıyormuş."

İzzet Usta, yanı başındaki pencereden ilaç kutusunu aldı, gözlüğünü taktı, birtakım irili ufaklı kutuların, ilaç şişelerinin arasından küçücük bir şişe ayırdı. Şişede ufak, beyaz haplar vardı.

Cemile'ye, "Ben şimdi geliyorum!" dedi, odadan çıktı.

İhtiyar dostu Malik'i çorap yamarken buldu.

"Merhaba eşkıya!"

İhtiyar Malik sıçradı, gözlüğünü, yamadığı çorabı bir kenara bırakarak, İzzet Usta'ya yer gösterdi.

"Nesi var delikanlının?"

"Vallahi bilmem İzzet. Başım ağrıyor, dedi, yattı."

Yorganın ucunu kaldırdılar. Alnı boncuk boncuk terleyen Sadri uyuyordu.

Babası omuzundan sarstı. Sadri kurumuş dudaklarını diliyle yalayarak bir şeyler mırıldandı, sonra bir yandan bir yana döndü.

Babası tekrar sarsınca, "Tövbe usta," diye sayıkladı, "vallaha tövbe!"

İzzet Usta'yla ihtiyar Malik bakıştılar.

İzzet Usta, "O namussuz dokuma ustası, bu çocuğa fazlaca tazyik ediyormuş. Bizim Nusret anlattıydı, ikide bir odasına çağırıp..."

"Ee?"

"Belki de dövüyor. Maksadı yıldırmak, kendisiyle ağız birliğini temin etmek!"

İhtiyar Malik'in yüzü korkunçlaştı. Kalın kaşları öfkeyle çatıldı. Yugoslav dağlarının yıllarca önceki azgın çete reisi olmuştu.

"Allah belamı versin," diye gürledi, "Allah belamı versin çocuklarıma dokunanın kanını içmezsem!"

İzzet Usta, ihtiyar dostunun müthiş gözlerinden korktu. Kolunu tuttu. Bu bir ihtiyar kolu değil, bir lobut, bir demir parçasıydı.

"Bana niye söylemez, niye anlatmaz bana?"

İzzet Usta alttan aldı. "Belki de dövmüyordur ama... Bilmem... Bana öyle geliyor..."

"Demin geç geldi işten. Kız da geç geldi, o da. Niye geciktiniz diye sordum, bana yalan attılar. Benden gizledikleri bir şey var. Anlıyorum ama, eşelemiyorum şimdilik... Sabrediyorum..."

"Hiçbir şey yok Malik Ağa. Senin çocuklarının ikisi de elmas parçası! İkisi de ağırlıklarınca altın ederler. Hiç korkma!"

"Korkuyorum İzzet, fabrikadan korkuyorum! Çocuklarımı günün birinde fabrikaya yem edeceğim gibi geliyor. Korkuyorum!"

"Korkma, bir şey olmaz..."

Taşı gediğine koymanın sırası geldiğini sanan İzzet Usta, "Cemile büyüdü artık maşallah. Yarın uygun bir istekli ortaya çıkarsa..."

İhtiyar Malik gene parladı. "Allah göstermesin! Çocuklarımı alıp Karagöl'e gideceğim ben. Onları şehirde bırakmak istemiyorum."

"Ne yapacaksın Karagöl'de?"

"İki odalı bir huğ damı çakacağım kendi elimle, çocuklarımı kurtaracağım buralardan..."

Gözleri gene parladı.

"...Yaşım altmış, ama bakma... Daha on sene çift sürebilirim. Toprağımı kendim sürer, kendim eker, kendim biçerim. Ne bulduk bu fabrikalarda? Ha? Sen ne buldun? Senelerden beri çalışırsın, işte tuttukları gibi attılar. Karın verem, oğlun tren altında kesildi. Neden? Hep fabrika yüzünden. Anası başında olsaydı, çocuğunu dizinin dibinde oturtsaydı. Şu avluya bak. Hak tu, hak tu'dan geçilmiyor..."

İzzet Usta, "Üzülme, üzülme," dedi. "İyi olur, iyi olacak."

"Gül gibi karımı yuttu bu fabrika benim! Benimse... Nah!" Kolunu çemirledi. Hâlâ bir makine dişlisinin izleri belli olan damarlı, büzük büzük kolunu gösterdi:

"Makinenin dişleri arasından çektim! Ondan sonra da tövbe ettim fabrikaya! Ama çocuklarımı çalıştırıyorum... Yoksulluk, ne yapayım?"

İhtiyarın sırım gibi koluna bakmakta olan İzzet Usta, "Demek, sen de çalıştın?" dedi.

"Birkaç sene. Nasıl ki kaptı kolumu, yuttu dirseğime kadar... Kemikler oldu kül ufak... On beş ay çektim, tam on beş ay!"

İzzet Usta Sadri'yi uyandırdı.

Kıpkırmızı gözleriyle Sadri, "Su!" dedi.

Babası gitti bir maşrapa dolusu su getirdi.

Elindeki küçük şişeden yuvarlak bir hap çıkarıp uzattı İzzet Usta.

"Al! Baş ağrısına, ateşe birebirdir. Dilinin üstüne koy, süyla yut."

Öylece yapan Sadri ilacı yuttu, sonra bir maşrapa suyu gurt gurt gurt, diye içti bitirdi, yatağına tekrar devrildi. Babası üstünü güzelce örtüp arkasını bastırdıktan sonra oğlunun yanı başına oturdu.

İzzet Usta kalkmıştı. Birdenbire kendine gelen ihtiyar Malik de fırladı. "Olmaz, imkânı yok.. Birer kahve içmeden..."

İzzet Usta'yı zorla oturttu.

"Cemile'nin dersi var, eşkıya!"

"Buraya gelsin."

"Güllü de orada."

"O da gelsin."

Gitti, Güllü'yle Cemile'yi aldı, geldi. Cemile alfabesini açarken, ihtiyar Malik raftan kahve, şeker kavanozlarıyla dörtlük yeşil cezveyi, ispirtoluğu indirdi.

16

Cemile dersi yarı buçuk yapıp kalktığı zaman saat ikiye geliyordu. Su ısınmıştı. Babasına alt evde yıkanma suyu hazırladı. Her zaman burada yıkanırlar, toprak hiçbir zaman kurumaz, alt ev rutubet kokardı.

"Haydi Babilo," diye seslendi, "sen yıkanadur, arkanı sabunlamaya çağır beni... Ben çamaşıra oturacağım."

İhtiyar Malik iğneyi çoraba saplayıp kalktı, alt eve indi.

Bir türkü mırıldanarak çamaşır leğenini ocağın yanına yerleştiren Cemile, küllü su döktü, çamaşırları ısladı, âdet bezlerini de leğenin altına saklamadan önce etrafı kolladı, sonra alçak iskemleyi çekip çamaşıra oturdu.

Küllü suda sabun gayet iyi köpürüyordu. Kalın kemikli, sağlam bilekli elleri, küçük yaştan beri fabrikada çalışan birçok işçi kızın ki gibi, nasırlıydı, parmakları eğri büğrü, kemikleri çıkık çıkık. Çamaşırları suya basıyor, sabunluyor, çitiliyor, sıkıyor, sonra kuvvetli yumrukları arasına alıyordu. Dilinde türkü, öyle iştahla, öyle canlı yıkıyordu ki! Etrafa neşeli köpükler saçılıyordu. Türkü zaman zaman yükseliyor, zaman zaman alçalıyor, arada duruverdikten sonra tekrar başlıyordu. Boşnakça bir halk türküsüydü bu. Bu türküde bir Avşar kilimindeki renklerin cümbüşü vardı. Bu türküde hasret vardı, bu türküde arzu, bu türküde aşk... Bu türkünün motifleri Hint'te, Çin'de, Kazablanka'da, New York'ta, Po Vadisi'nde, Güney Amerika bozkırlarında, Orta Anadolu'da da vardı. Bu türkü insanlığın hasretlerini, arzularını belirten nakışlarla işli bir türküydü.

Ama Cemile bunu ne zaman, nerede, kimden öğrendiğini bilmez, sadece söyler, söylerken coşar, coştukça da yüreği taşar, en zor işleri bir tüy hafifliğiyle görüverir, nasıl görüverdiğini bile fark etmezdi.

Dilinde hâlâ bu türkü, alnında ter tomurcukları... Bu tomurcuklar gittikçe arttı, yuvarlak yanakları kızardı. Kendinden geçti, işe kendini öyle verdi ki... Hele çamaşırlardaki pire tersleri... Bu tersleri mutlaka çıkaracaktı! Tersler de inat ediyorlardı. Terslerin inadına Cemile'nin inadı daha baskın çıkmalıydı. Onları mutlaka çıkaracaktı! Hırslı hırslı eğilip kalktıkça, belinden aşağılara inen kuvvetli örgüleri hopluyor, tokasından kurtulan kâkülü de gözüne girip duruyordu. Buna öyle sinirlendi ki... Bir ara kâkülü bileğiyle itti. Olmadı. "Dert!" diye doğruldu. "Hınzır!" Kâkülü ıslak parmaklarıyla kıvırdı kıvırdı, öteki saçlarının arkasına soktu, tokaladı, sonra gene çamaşırlarına eğildi. Pire terslerini suya bastı, sabunladı, çitiledi, tekrar bastı, tekrar çitiledi, sonra tekrar çitiledi. Bu işi üst üste tekrarladı. Neden sonra pire tersleri Cemile'nin inadına pes ettiler. Cemile'nin gözlerinin içi güldü, deminki türküyü daha kuvvetle tekrarladı.

Bütün bunları deminden beri üst kat sofanın demirleri gerisinde güneşlenerek seyreden, Musa'nın doksan beşlik ninesi Tetka Bielka, kendini Cemile'nin türküsüne kaptırmış, gözlerini yummuştu.

Tetka Bielka da gençliğinde bu türküyü söylerdi. Bu türkü Tetka'ya gençliğini, Saraybosna'yı, yüklü meyve ağaçlarının hafif hafif sallandığı aydınlık Bosna gecelerini hatırlatmıştı. Yıllardan beri yitirdiği pırıl pırıl, rengârenk bir iç âlemi başlamıştı...

Türkü birdenbire durunca, Tetka Bielka gözlerini açtı. Heyecanlanmıştı. Kupkuru avuçlarıyla gözlerinin yaşını sildikten sonra, "Allah sana kötü gün göstermesin evladım. Allah seni ağlatmasın!" dedi.

Cemile öyle dalmıştı ki, ürktü. Başını kaldırdı. Bir elma kurusuna benzeyen yüzüyle Tetka Bielka gülümsüyordu.

Cemile:

"Diline sağlık Tetka!"

"Allah seni inandırsın Cemka, seni gördükçe öleceğimi unutuyorum!"

Cemile'nin pek hoşuna gitti bu. Berrak bir kahkaha salıverdi. Sonra daha iştahla, daha canlı, daha kuvvetli, çamaşırları yumruklarının altına aldı.

Arkasını sabunlaması için babası alt evden seslendiği zaman Cemile'nin yüzü terden yıkanmış gibiydi. Kalktı, gitti, babasının arkasını kuvvetli kuvvetli sabunladı, kupkuru ihtiyarın fırlak kemikli sırtını avucuyla sıvazladı. Onun bir gün öleceğini, "Beni karımın yanına gömün e mi Cemka!" deyişini hatırlayınca gözleri doldu. Babası da bu türlü sözleri son zamanlarda boyuna tekrarlıyordu. Onun için babasını uyurken görse, sanki ölmüş de yatıyor gibi geliyor, başlıyordu ağlamaya. Hele bir gece, babası teraviye giderken ensesine dikkat etmişti. Nasıl da kurumuş, buruş buruş olmuştu! Babası namazdan dönünceye kadar yatağında ağlamıştı. Tekrar çamaşırlara döndü.

Temiz çamaşırlarını giyip gelen ihtiyar Malik de yumrukları belinde, kızını seyre başladı.

Yanındaki kütüğü iten Cemile, "Otur Babilo, karşıma otur da öğren," dedi. "Belki lazım olur."

Kütüğü altına alıp kızının tam karşısına oturan ihtiyar Malik, bir sigara yaktıktan sonra:

"Olacak kızım, o da olacak."

Cemile doğruldu, babasına sertçe baktı. Yoksa yanlış mı anlamıştı? Düzeltmeye çalıştı: "Belki ölürüm de..."

İhtiyar adam başını salladı. "Eh, o da olacak ama, sıra sende değil!"

Cemile'nin içinde gene bir taşma oldu. Yaşaran gözlerini babasından saklamak için, başını çamaşıra adamakıllı eğdi. Kendini işe büsbütün verdi.

İhtiyar Malik ise kızını gururla seyrediyordu. Onda karısına benzeyen taraflar buluyordu. Ucu hafifçe kalkık, ufacık burun, etli dudaklar, yuvarlak yanaklar... Ya kalçalar? Tombul bileklerin rengine varana kadar tıpkı tıpkısına karısı. Yalnız, kızın saçları daha sarı, daha da gürdü. Anası da böyle, hamur yoğurur, çamaşır yıkarken tıpkı kızı gibi terler, ağız kenarları tıpkı tıpkısına böyle titrerdi.

Tetka Bielka yukardan, gene Boşnakça seslendi:

"Ooo Maliç! Biliyor musun, Cemka ne kadar benziyor anesine!"

İhtiyar Malik başını ağır ağır salladı, cevap vermedi.

"Allah gözyaşı döktürmesin, Allah kötü gün göstermesin!"

Sırtına vuran güneşin sıcaklığı içinde uyuklamaya başlayan ihtiyar Malik, hafif hafif sallanıyordu.

Koca avlu dinmeyen bir kımıltı halindeydi. Yan yana, sıra sıra odalara girenler, çıkanlar.. Kapısının önünde kızının başını sabunlayanlar, çamaşır yıkayanlar... Başta Dokumacı Musa'nın sarı oğlu, alayla çocuk çelik çomak oynamaktaydılar. En çirkin küfürler bazen birer şimşek gibi çakıyordu. Çocukların çeliği çok defa Cemile'nin yakınlarına düşüyordu. Birinde geldi, bakir leğenin kenarına çarptı.

Cemile sıçradı. "Piçler!" diye bağırdı.

Koca kafası sıfır numara makineyle tıraşlı olan Musa'nın oğlu karşılık verdi:

"Ne söğüyon kız?"

Bu kuşak, torunlar kuşağı, tıpkı yerliler gibi konuşuyordu. Çoğu anadilini unutmuştu. Yerliler gibi konuşuyor, yerliler gibi sövüyor, yerliler gibi giyinmeye özeniyorlardı.

Cemile, "Ya gözüme değseydi!" dedi.

"Değdi mi? Değsin ondan sonra..."

İhtiyar Malik de uyanmıştı. Uykulu gözleriyle çocuklara baktı, ağır ağır kalktı. Başta Musa'nın oğlu, çocuklar çil yavrusu gibi dağıldılar. Ama az sonra sarı oğlan, elinde çomağı, avlu kapısında gene belirdi. Uzaktan dik dik bakışına Cemile öyle kızıyordu ki... Kalkıp yakalamak, kulaklarını çekmek, tokatlamak, tokatlamak!

Bu sırada Güllü koşarak geldi:

"Çamaşıra oturdun da bana niye haber etmedin kız?"

Cemile omuz silkti.

Güllü, "Benim bir işim oldu mu sen yardım etmiyor musun bacım?" dedi. "Yalnız başına bu kadar çamaşırı akşama kadar tövbe bitiremezsin!"

İhtiyar Malik'ten boşalan kütüğü altına çekip oturdu, kollarını çemirledi, işe girişti. İki genç yarışır gibi yıkamaya başladılar. Bu arada Cemile'nin kelep arkadaşı Halime'yle Dokumacı Musa'nın yeğeni Şemsa da gelmişlerdi.

"Kolay gelsin... Biz de yardım edek mi?"

Güllü:

"İstemez, istemez, yardımınızla çok yaşayın!"

Cemile ilave etti:

"Siz de serersiniz!"

Altlarına birer iskemle uyduran iki kız, çamaşır leğeninin etrafında sıralandılar. Cemile'yle Güllü, berikileri imrendiren bir iştahla yıkıyorlardı.

Halime kollarını çemirledi. "Ben de yıkıyacağım bacım, niyeymiş?" dedi.

İşe girişti.

Gülüşmeler, şakalar, kahkahalar yükseliyor, arada birbirlerine sabunlu su serpiyor, basıyorlardı çığlığı.

Cuğla'nın kızı Şemsa'ya bir avuç köpük atan Güllü:

"Mektepli, anlat bakalım. Sinemaya gidiyon mu gene?"

Kıvir kıvır bir kucak sarı saçıyla Şemsa güzel bir kızdı. İlkokulun son sınıfındaydı. Gözüne köpük kaçmış, yakıyordu.

"Güllü Abla, öyle şeysin ki..."

Bir avuç köpük daha atan Güllü, "Neyim?" diye sordu. "Ha? Neyim?"

"Hiç, hiç... Tövbe... Sana demedim..."

"Seni mektepli seniii!... Leğene sokarım seni vallaha!"

Halime:

"Sinemaya gidiyor musun?"

Güllü:

"Gitmez olur mu? Sevgilisi koluna takıp götürüyordur."

"Tuh!" dedi Şemsa, "Mektep götürüyor..."

"Sizi somun düşmanı mektepliler siziii... Her birinizin üçer, dörder tane var..."

"Hadi ordan..."

Cemile sordu:

"Ben hiç sinemaya gitmedim ömrümde! Pahalı mı?"

Şemsa, "Balkon yirmi beş, aşağı kırk," cevabını verdi. "Ama aşağısı iyi değil, terbiyesiz bir sürü adam doluyor."

"Resim gibi mi kız? Nasıl şey?"

"Bir perde var, üstünde... Resim gibi amma, canlı resim... Öyle güzel, şık kadınlar geliyor ki... Geçen gün bir film oynadı, eh... Herkes ağladı yani... Öyle güzel, öyle güzeldi ki! Kadının kocası, karısının sevgilisini vurdu!"

Cemile:

"Dert! Karısının sevgilisi mi?"

"Canım sinema işte, yani.. Kadın öyle güzeldi ki... Kocası çekti tabancayı, adamı vurdu da, adam ölürken bile gülümsüyordu!"

Güllü:

"Yalan olduğu bundan belli! Kurşunu yiyeceğim de, güleceğim... Akıl var, yakın var..."

"Canım sinema işte Güllü Abla, roman gibi... Essah değil ya... Sonra bir memleket gösterdi, gece, eh... Bizim bildiğimiz gibi gece değil ha, mavi bir gece... Sessiz, her taraf uyuyor, sokaklar dersen bal dök yala... Deminki güzel kadın kocasını uyuttu. Onlar bizim gibi ana, baba, çoluk çocuk hep bir odada yatmıyorlar ki. Kadının odası ayrı, erkeğinki ayrı..."

Güllü, "Sinema, bakma," dedi. "Kadın ayrı, erkek ayrı yatar mıymış?"

Cemile, "Bizim gibi gece gündüz çalışsınlar da görelim... İşten baş mı kaldırabiliyoruz? Öyle olduğu halde, sırası geliyor iki lirayı iki kardeş zor tutuyoruz."

"Doğru bacım," dedi Güllü. "Onlar bizim yerimizde olsa, hastayız diye yataktan kalkamazlar."

"Biz de ağzımızın tadını biliriz. İnsanı insan eden paradır. Paran yok mu? Senden rezil, senden adi kimse yok."

"Vallaha..."

"Neyse... Kadın uyuttu kocasını, evden yavaşça çıktı, sevgilisiyle sözleşmişler önce herhalde ki, bir araba bekliyordu, kadın bindi, yallah!"

Cemile sordu:

"Kadın saçlarını taramadı mı?"

"Bilmem. Orasını göstermedi. Saçları taralıydı."

"Saçları taralıydı da kocası şüphelenmedi mi? Saçlarını niye çözmüyorsun, yatmayacak mısın, demedi mi?"

"Sinema canım işte..." dedi Güllü.

Halime tasdik etti:

"Tabii canım."

Güllü, "Yalan olduğu bundan belli," dedi. "Bizim herifler... Hele benimki, duruşumdan anlar vallaha... Saçım başım taralı, pudralı mudralı onu uyutacam da anlamayacak! Bir insan eşek olmalı ki..."

"Sinema canım," dedi Halime.

Şemsa:

"Cemile Abla, sinemada bir oğlan vardı, tıpkı Sadri Ağabeyim. Bir elmanın yarısı o, yarısı Sadri Ağabeyim!"

Cemile'nin kaşları çatıldı. "Benden habersiz sinemaya mı gidiyor yoksa?"

"Yoook... Öyle değil. Filmde..."

"Öyle söyle hele... Benden habersiz gitsin de bak!"

"N'aparsın?" dedi Güllü.

"Kıyameti koparırım."

"Yavaş geel..."

"Hele gitsin... Öyle yerlere para verilir mi? Bak şu yatak çarşaflarının haline! Şu donlara bak, şu gömleklere... Parayı oraya verene kadar bir derdimizi görürüz!"

"Sizin fabrikanın kızları da geliyor."

"Karakızlar marakızlar, değil mi? Onlar gider, onların dostları var, masraflarını çekerler."

"Niye?" dedi Güllü. "Senin yok mu?"

Cemile bir avuç köpük attı. "Edepsiz!"

O ona, o ona... Gene kahkahalar, çığlıklar yükselmişti ki, sokakta birtakım sarhoş naraları işitildi! Kızlar kulak kesildiler.

Güllü, "Camgöz'ün sesi!" dedi.

Cemile'nin neşesi uçuvermişti. Gözleri endişeyle babasını aradı. Bereket versin görünürlerde yoktu.

Güllü:

"Korkma, baban yok. Ben gelirken demin, çarşıya doğru gidiyordu."

Naralarsa gittikçe yaklaşıyordu:

"Atalım atalıım!"

"Nereyeee?"

"Herkesi sevdiğinin kucağınaaa!"

"Eheeeeeeyyyy!!"

Güllü:

"Sana demedim mi? Oturmuş içiyorlardı demin! Deveye binmişler tekmil..."

"Karakız da beraberdi demek?"

"Tabii... Aşağı kurtarır mı?"

Sarhoşlar tam avlu kapısının önüne gelmişlerdi ki, Karakız tehlikeli bir yalpayla içeri girdi. Avlu halkı kulak kabartmış, kapı önlerinde bakışıp gülüşmeler, üçer beşer kişi halinde toplanıp fiskoslar başlamıştı.

Karakız, "Deeeey Allah!" diyerek leğenin yanına geldi.

Ayakta durmaya çalıştı, olmadı. Çömelmek istedi, gene olmadı. Devriliyordu. Yere dayanıp çömelebildi nihayet, leğenin ucunu sıkı sıkı tuttu. Gülüyor, şiş gözlerinin kapaklarını zorla açıyordu.

Güllü, "Bu hâlin ne kız?" dedi. "Utanmıyor musun?"

"Utanacak ne var? Namısımnan oturdum içtim."

"Ayıp kız ayıp..."

"Üstüne bi nokta koy kayıp olur..."

"?.."

"Uçuyorum, allöööş! On şişe, on şişeyi üç kişi devirdik... Başım tımarhane gibi fırlanıyor..."

"Kimnen içtiniz?"

"Bizim dayıoğlu, bir, bir de şunun (Cemile'yi gösterdi) devecisi!"

Cemile kızdı. "Dert! Niye benim devecim oluyormuş?"

Kahkahayla gülen Karakız:

"Sana yangın! Develerimi tekmil satar, uğruna harcarım, diyor."

"Develeri başında parçalansın..."

Bu sırada ihtiyar Malik avlu kapısından içeri girdi. Az daha Cemile'nin yüreğine inecekti. Ya babası işin farkına varırsa? Ya dışarıdakiler gene nara atar, ismini karıştırırlarsa?

Elinde pespembe, pişkin bir somunla babası avluyu ağır ağır geçip odasına girdi.

Cemile, "Güllü, bacım, bacım... Dehle şunu gitsin!" dedi. "Şimdi bir biçimsizlik yapacak... N'olursun Güllü!"

Güllü kalktı, Karakız'ı omuzlarından çekti, ayağa kaldırdı, sımsıkı tuttu. "Hadi bize gidek!"

Karakız sordu:

"Bu da gelecek mi?"

"Gelecek," dedi Güllü, "bitirsin çamaşırı, o da gelecek."

"O gelmezse gitmem, tövbe gitmem..."

"Gelecek, o da gelecek..."

Buğulu gözleriyle Cemile'ye bakan Karakız:

"Gelecen mi?"

"Gelecem gelecem," dedi Cemile.

"Sen de gelirsen giderim... Gelmezsen... Oğlanda para tonla. Seni köşklerde, konaklarda... Köşklerde konaklarda seni..."

"Ayy Güllü, n'olursun..."

"Kız hadi bee!"

Kolundan çekiverince, Karakız sendeledi, yere yüzükoyun kapandı, sızdı kaldı. Halime'yle Güllü onu başından, ayaklarından yakalayıp İzzet Usta'nın odasına taşıdılar.

Şemsa, "Üzülme abla," dedi, "n'apacan. Bir beladır geldi çattı."

Cemile'nin yüzü hâlâ kireç gibiydi. "Herifi bilmem, tanımam, işimde gücümdeyim şurada..." Birden bir ağıttır tutturdu. İçini çeke çeke, hıçkıra hıçkıra ağlarken, bir yandan da babasının çıkıverip, niçin ağladığını sormasından korkuyor, kendini tutmaya çalışıyordu.

"... Fakirlik, ah fakirlik! Herkesin gücü bize yetiyor."

"Sus," dedi Şemsa, "ağlama..."

"Bir insanın kendinde olmasa derler bir de... İşte gördün, benim onlarla bir ilgim var mı?"

Güllü'yle Halime döndükleri zaman Cemile hâlâ ağlıyordu.

"Sus bacım, sus. Ağlama. Zıbardı yatıyor. Gözünün yaşına yazık."

İzzet Usta da geldi. Leğenin başına, Cemile'nin yanına çömeldi.

"Sus, ağlama."

"Bütün gün iş, işten eve dön, evin işine otur... Kimseyle hiçbir alakam yok, konuşmuşluğum yok. Sokakta ağabeyim bile konuşsa terslerim. Ödüm kopar ki birisi görüp babama haber verecek diye... Öyle olduğu halde... Şuna bak! Ya babam duysaydı?"

İzzet Usta ayağa kalktı, içini çekti, gözlerini kıstı.

"Ben, babanla açık açık konuşacağım," dedi. "Bu böyle devam edemez. Hiç merak etme sen."

Cemile uzun kirpikli gözleriyle ıslak ıslak baktı.

"Evet," dedi İzzet Usta, "o meseleyi..."

Bir müddet bakıştılar.

"Siz ne iyi insansınız..."

İzzet Usta cevap vermedi, odasına döndü.

***

Babası Sadri'yi zorla uyandırdı. Oğlanın uykusu çok ağırdı. Kalktı, sallanıyordu.

"Başın nasıl?"

"İyi... Bir şeyim yok..."

Merdivenleri indi, alt evde iki kat ola ola soyundu, yıkanmaya başladı. Oğlan yıkanırken ihtiyar Malik gözlüğünü gözüne taktı, oğlanın yorganını yere serdi, bit arayacaktı. Uzun uzun, yorganın bütün kıvrımlarına inceden inceye baka baka aradı, yoktu. Cemile böyle şeylere karşı çok titiz olduğundan, her hafta, pek pek iki haftada bir çamaşır yıkar, her şeyleri güzelce kaynatırdı. Ama belli de olmazdı. Çünkü odalarına girip çıkanların, oturup kalkanların haddi hesabı yoktu ki...

Yorganı katlayıp yatağın ayakucuna koyan ihtiyar Malik, tekrar çorap yamamaya oturdu. İkinci çifti eline almıştı ki, Sadri aşağıdan seslendi. Arkasını sabunlaması için çağırıyordu. Gözlüğünü çıkardı, iğneyi çoraba sokup kalktı, aşağı indi.

Oğlanın arkasını sabunlarken, "Gusletmeyi unutma!" dedi.

Kulaklarına kadar kızaran Sadri cevap vermedi.

"Yoksa bilmiyor musun?"

"?.."

"Müslüman çocuğusun elhamdülillah. İnsan gusletmeyi bilmez mi? Madem bilmiyorsun, sor!"

Gusül apdesti ile mazmazayı tarif etti.

Kızlar çamaşırlarını sererlerken saat beşe çeyrek vardı.

Cemile:

"Ağabeyim yıkanmış, şimdi sıra bende."

Güllü:

"Arkanı sabunlamaya çağır beni, e mi?"

"Eh..."

Kazandan sıcak su aldı, ılıştırdı, yıkanmaya başladı. Bembeyaz vücudu, dolgun kolları, yüklü göğsü... Bit korkusundan başını bol bol sabunluyor, saç diplerini kanatırcasına tırnaklıyordu. Onuncu sabundan sonra Güllü dışardan seslendi.

Cemile, "Gel, gel hadi," dedi.

Güllü yavaşça girdi, kapıyı arkasından sürgüledi. Fısıltıyla konuşmaya başladılar.

İhtiyar Malik yamadığı çoraba dalmış, duymuyor, duymak için heves de etmiyordu.

Cemile:

"Benim yüzümden sen de uykusuz kaldın!"

"Amaaan..." cevabını verdi Güllü. "İş güç bırakır mı beni? Nasıl olsa uyuyamazdım. Evi sil, çamaşırları, bulaşıkları yıka... Benim her gün dirliğim bu! Bekârlık sultanlık vallaha... Başına dert açacan..."

Cemile'nin bembeyaz, sımsıkı arkasını sabunlarken, Güllü avucunun içiyle vurarak, "Maya maya!" diyordu, "Kâtibin talihi varmış."

Cemile gururla güldü.

"Seni alan, seni giydirip kuşatıp köşede oturtmalı!"

"Olur. Beleş ekmek vardı!"

Sıcak bir buğu alt evi kaplamıştı.

Güllü, "Hadi, ben gidiyorum," diye kalktı.

Cemile, "Eline sağlık! Çamaşır yıkadığın gün beni de çağırmazsan..."

"Çağırırım... Çağırırım..."

Cemile, babasıyla ağabeyinin kurulandıkları, hâlâ ıslak havluyla iyice kurulanmaya çalıştıktan sonra, giyindi. Gitti, babasının elini öptü. Babası da onu alnından, iki yanağından. Sonra alt evden tenekeleri, sabunu, su tasını, kütüğü kaldırdı, birikmiş suları süpürdü, aşağıya çekidüzen verdi. Saçlarını taradı, tokaladı. Şimdilik başka işi kalmamıştı, yatabilirdi. Ağabeyi, babasıyla bir yatakta yatarlardı, kendisi ayrı bir yatakta, yalnız.

Dışarı çıktı. Islak havluyu da öteki çamaşırların yanına serip mandalladı. Rüzgâr çıkmıştı. Havaya baktı, canı sıkıldı. Gene yağmur yağacağa benziyordu. Kirli bulutlar gittikçe büyüyor, şişiyorlardı.

Odaya döndü. "Ben yatacağım Babilo, ama havada yağmur var. Yağmur yağarsa çamaşırları topla, sonra berbat olur!"

İhtiyar Malik yanındaki pencereden dışarılara baktı. Havada gerçekten de yağmur vardı, gök gittikçe kararıyordu. Uzaklarda harap evler, kerpiç, çürümüş tahta kalabalığı, yıkık duvarlar... Daha arkada, yaz kış yosunlu suyu bir türlü kurumayan koca göl. Bu gölden her yaz mahalleye milyonlarca sivrisinek dağılırdı.

İhtiyar Malik perdeyi indirdikten sonra uzandı, kızının arkasını yorganla güzelce bastırıp, çorap yamamaya koyuldu.

17

Önündeki mangalda ateşe sürülü iki fincanlık cezveye şeker koyan ihtiyar Malik, rafta çıtırtıyla işlemekte olan çalar saate baktı: Gecenin onunu gösteriyordu. Demek ki Cemile dört saattir uykudaydı, çocuklar daha yarım saat uyuyabilirlerdi.

Tam kahveyi koyarken oda kapısı usullacık açıldı, koltuğunda, telleri at kılından, bir çeşit saz olan guslisi ile ihtiyar Muy girdi.

"Selamünaleyçüm!"

Malik, "Vealeyçümüsselaaam!" diye kalktı, eski silah arkadaşının elinden guslisini aldı, merdiveni çıkmasına yardım etti, kendi yerine oturtup, kahve kavanozuyla kaşığı önüne koydu.

Tam bu sırada pencerenin camında bir şimşek çakmıştı.

Kızının gündüz yaptığı uyarıyı hatırlayan ihtiyar Malik, "Yağmur yağıyor mu?" diye sordu.

Bir bacağı topal, ufacık bir ihtiyar olan Muy'un bir gözü de kördü. Bu gözü sanki oyarak çıkarmışlar ve sanki bu iş yapılırken ihtiyar o kadar bağırmıştı ki... Yüzü bir çığlık gibi kuruydu.

"Tek tük atıyor!" dedi.

"Hızlı gelecek rahmet. Ben toplayım çamaşırları."

İhtiyar Muy, ihtiyar Malik'in hemşerisi, çocukluk arkadaşıydı. Tara Irmağı boyundaki (...) kasabasında birlikte büyümüşler, birlikte silah kullanmaya başlamışlardı. İçtikleri su ayrı giderdi yalnız.

Malik onu hâlâ o kadar severdi ki, onun için kan dökebilir, bu ihtiyar yaşına, Sadri'ye, Cemile'ye rağmen, hapislere girebilirdi.

Muy'un bir tek oğlundan başka kimsesi kalmamıştı. O da doğuda, uzak, çok uzak bir yerlerde askerdi.

Memleketin eşrafından Amir Ağa'nın teşvikiyle Karadağ Milletvekili Boşko Boşkoviç'in öldürülmesi üzerine başlayan katliamdan kurtulmak için kaçmadan önce, Malik ve Muy ismi, Sırplar üzerinde yıldırım etkisi yapardı. O kadar ki, Malik ve arkadaşlarının korkusu yalnız Hıristiyanların değil, Müslümanların da içlerinde sarsıntılar yaratırdı.

Yağmurlu, fırtınalı gecelerde, uğuldayan rüzgârın içinden nal sesleri duyulurdu. Dehşetle büyüyen gözleriyle kasaba çocukları yorganlarının altına saklanır, geceyi ürpertiyle dinlerlerdi. Kasabanın Hıristiyan mahallelerinde çığlıklar kopar, kapılar çarpılır, bir yerlerde birtakım tahtalar çatırdar, tüfekler patlar, sonra gecenin zifiri karanlığını kızıl dilleriyle yalayan alevler yükselirdi.

Ertesi gün kasaba korkuyla öğrenirdi ki, Malik ve Muy çetesi, kaptan falan ve filanın kanlı kesik başlarıyla dörtnala çekilmişler.

Aradan çok geçmezdi. Gene şimşekli, yıldırımlı, fırtınalı bir gece, kasabanın bozuk parkelerinde dörtnala atlılar gelirdi. Bu sefer Müslüman mahallelerinde kadınlarla çocukların çığlıkları yükselir, kapılar kırılır ve alınmış bir öcün ılık dumanı tüten kanlı kesik başlar, terkilere bağlanıp rüzgâr gibi gidilirdi.

Cami ve kilisenin hatırı için işlenen cinayetlerin haddi hesabı yoktu.

Bir gece bir ormanda pusuya düşürülmüşlerdi. Otuz tüfeğin ağzından çıkıp geceyi otuz yerinden yakan kurşunlar, o sıra bir kenarda su dökmekte olan Malik'e değmemiş, beş arkadaşı ölmüş, Muy da bacağından yaralanmıştı.

Tara Irmağı kenarındaydılar. Sağ kalanlar ırmağa atlamışlar, yüze yüze aşağılara gitmişler, oradan da karaya vurmuşlardı.

İhtiyar Muy'un bacağı o gün bugün sakat kalmıştı.

Milletvekili Boşkoviç'in öldürüldüğü günün ertesi gece, Malik rüyasında kendi kesik başını gördü. Ürktü. Müslüman halkın türkülerinde ismi geçen bu cesur adam korktu, ani bir kararla malını, mülkünü bırakıp karısını, çocuklarını toplayıp Türkiye'ye göç etti. Muy da karısı ve çocuklarıyla beraberindeydi.

İstanbul limanına birkaç parça mücevherle ayak basan kalabalık iki ailenin elindeki, avucundakiler şaşılacak bir hızla eriyiverince, Malik'le Muy hayatlarında ilk defa, geçim derdi diye bir şey olduğunu öğrendiler.

İki erkek ekmek kavgasına atıldı, olmadı. Ata binmek, silah kullanmak, pusu kurup kelle biçmekten başkasını bilmiyorlardı. Şehir ise bundan anlamıyordu.

Fabrikaları ve pamuk tarlalarıyla ünlü bu güney Anadolu şehrine göçüldü. Ne yapılsa boş. Beceriksiz derebeyi torunları elleri böğürlerinde kaldılar. O zaman talihlerini denemek sırası kadınlara geldi. O kadınlar ki, dalları yerlere değen koyu gölgeli meyve bahçelerinde gülüp türkü söylemek, süslenip salına

salına dolaşmaktan başkasına alışmamış, rahatlıktan semirmiş kadınlardı. Fabrikaların pamuk tozu yüklü, kola kokulu, rutubetli havasında hızla kuruyup çirkinleşmeye başladılar. Gün geldi, ellerinde mendil, küt küt öksürerek, iki iyilikten birini dilediler.

Daha sonraları kadınlar toprağa verildi, çocuklar fabrikalara...

Çok geçmeden Muy'un büyük kızı bir Çingene çalgıcının peşine takılıp gitti. Küçüğe gelince... Bu sessiz, akıllı bir kızdı. Çok da güzeldi. Paydoslarda peşine delikanlılar düşerdi de o hiçbirine yüz vermezdi.

Bir gece yarısı saat on ikiden sonra, fırtına, yağmur... Yer yerinden oynarken, Muy'un kızı kendi kendine sokularak, mahallenin dar sokaklarında yapayalnız işten geliyordu ki, önüne birtakım insanlar çıktı, kızın ağzını sıkıca kapayıp köşede bekleyen eski bir Ford'a sokup uzaklaştılar.

Gidiş o gidiş...

Yemek, içmekten kesilen Muy, haftalarca çılgına döndü, sokaklarda yarı deli, dolaştı durdu. Neden sonra bir gün bir çoban, bağırsaklarını köpeklerin çekiştirdiği, başı taşla ezilmiş bir cesetten söz açınca, her şey anlaşıldı.

İhtiyar Muy o gün bugün yarı delidir. Guslisi sürekli koltuğunun altında, canı istediği zaman çalar, söyler, ağlar.

İhtiyar Malik bir kucak çamaşırla döndü.

"Rahmet hızlanıyor!" dedi.

Çamaşırları odanın bir köşesine bıraktı. Cezve ateşe tekrar sürüldü, sigaralar yakıldı.

Oda sıcaktı. Sadri'nin horultusunu dinliyorlardı. İhtiyar Malik'in kafasında çocukları, daima çocukları... Bu çocukları fabrikaya yem olmaktan kurtarmak lazım geldiğine inanıyor, geç kalmış gibi bir huzursuzluk duyuyordu. Aksi hâlde, İzzet Usta'nın söylediği gibi, dokuma ustası günün birinde biçimsiz bir iş yapar, oğlanı döver, dövdürür.

Muy'a baktı. Hafif hafif sallanıyordu. Onu tetkik etmeye başladı. Ya günün birinde Cemile'yi de Muy'un kızı gibi kaçırırlarsa? Bu dünya öyle bir dünyaydı ki...

Bir ara Muy'la göz göze geldiler. Bakışlarıyla konuşuyorlardı adeta. Yukardan Dokumacı Musa'nın kaba öksürüğü duyuldu, bir şeyler sayıkladı, bir yandan bir yana döndü.

Tam bu sırada Cemile de sayıklamıştı: "Kurban olayım götür şunu... Babam duyacak!"

İki ihtiyar şüpheyle tekrar bakıştılar. Çocuklarının başında bir tehlikenin dolaştığına birdenbire öyle kanaat getirmişti ki...

"Korkuyorum! Korkuyorum, Muy. İçim titriyor... Bu çocukların başında bir şeyler dolaşıyor. Benden saklıyorlar, benden sakladıkları bir şey var."

"Yok canım, sana öyle geliyor. Hiçbir şey yoktur Allah'ın izniyle..."

"Bilmem, korkuyorum. Onlar işe gitti mi, bende uyku arama. On iki saat, tam on iki saat dakikaları sayarım! Bir haber geliverecekmiş gibi oluyor... Acı bir haber, bir ölüm, bir kaza haberi, ne bileyim ben, uğursuz bir haber gelecekmiş gibi oluyor... Korkuyorum."

"Üzme kendini, hiçbir şey olmaz..."

"Okuyorum, üflüyorum... Namazda onlar için dua ediyorum... Amma gene de..."

"Hiçbir şey olmaz inşallah..."

Gözleri mangaldaki ateşe daldı. Sadri'nin gündüz sayıkladıklarını hatırladı, İzzet Usta'nın sözlerini...

"O fellah," dedi, "oğlumu sıkıştırıyormuş, belki de dövüyor... Bana bu yaştan sonra kan döktürecekler..."

Gözleri vahşi vahşi parladı:

"Allah'ın bir isim hakkı için Muy, çocuklarımın kılına dokunanın sökerim ciğerini!"

İhtiyar Muy ürktü. Karşısında yıllarca öncenin Malik'ini bulmuştu birdenbire. Yüreğinde bir değişme, içinde bir kımıltı oldu. Derken bir yükselme, bir heyecan...

Yanı başından guslisini aldı, gözleri arkadaşı Malik'in hâlâ korkunçluğunu kaybetmeyen yüzünde, başladı çalmaya. Ses gittikçe hızlanarak odayı kapladı, doldurdu, taştı, yukarı, yanlara, bütün avluya, daha sonra işçi mahallesine yayıldı. Lambanın sarı ışığında parlayan ıslak kirpikleriyle Muy gene kendinden geçmişti.

Artık memlekettedir. Besiden çatlayacak hâle gelmiş beygirlerinin üzerinde dimdiktirler. Kasaba halkının anlattıklarını hınçla dinlerken avurtları hırstan titremektedir. Kesilen kellelerin hayali gözlerinde canlanır. Kuvvetli ayaklarıyla yeri eşeleyen beygirler sabırsızdır. Ve ani olarak atlarını mahmuzlayıp karanlığa dalarlar.

Gusli sesinde kin, alınmamış öç vardı!

Gusli sesinde hasret!

Gusli sesinde, yitirilmiş sevgililere hazin bir sesleniş vardı!

Gusli sesinde...

Kapının usulcacık açılıp içeriye birkaç kişinin girdiğini fark etmediler.

Sonra birkaç kişi daha, daha sonra oda doldu, taştı.

İhtiyar Muy çalıyordu. Gusli, o harikulade sesiyle ormanlardan, derelerden, çaylardan, ay ışığından, sevgililerden, hasretten bahsediyordu. Gusli haykırıyor, inliyor, dişlerini gıcırdatıyor, yas tutup neşeleniyordu. Guslide güneş, gece, fırtına, bora, kar vardı, guslide dün vardı, bugün vardı, guslide keder, ıstırap, guslide sefalet vardı.

Kuvvetli rüzgârın savurduğu yağmur pencerenin camını alabildiğine kamçılarken, gecenin on buçuğunda ihtiyar Muy'un guslisini artık bütün bir mahalle dinliyordu. Mahalle safi kulak kesilmişti. Mahalle etten, kemikten, az sonra düşecekleri çamurlu yolların dehşetinden sıyrılmış, antenlerini germiş, Muy'un guslisini dinliyor, mahalle ağlıyordu.

Tam bu sırada mahallenin bütün çalar saatleri birden çalmaya başlayınca, Muy'un guslisi sustu. Mahallede bir kendine geliş, bir kımıldanma oldu. Karanlık camlarda ışıklar yanmaya başladı, mahallede insan sesleri çoğaldı.

İhtiyar Malik odayı dolduranlar arasındaki İzzet Usta'yı biraz geç fark ederek, yukarı çıkmasını söyledi.

O, "Hayır, gidip yatacağım. Çok güzel çalıyorsun Muy Amca, fevkalade çalıyorsun, yaşşa, ellerine sağlık, var ol!" dedi.

İhtiyar Muy duymadı.

Hâlâ heyecanlı İzzet Usta odasına döndü.

***

İhtiyar Malik ilkönce oğlunu dürttü:

"Sadro, ooo, Sadro!"

Oğlanın uykusu çok ağırdı. Anlaşılmayan bir şeyler mırıldandı:

"Sadrooo, oooo, Sadrooooo!"

Sadri bir yandan bir yana döndü.

Cemile uyanmıştı, yataktan fırladı. Siyah önlüğünü çabucak giydi, başörtüsünü başına aldı.

Mangalın bir kenarında çaydanlık kaynamaktaydı. Cemile sofra bezini yere serdi, ekmeği dilimledi, bardaklara şeker koydu.

Çok zor uyanan Sadri zorla kalktı, gerindi, esnedi, tekrar esnedi. Sonra çoraplarını giydi, gözlerini ovaladı. Sofraya geldi.

Cemile, "Uyan artık be!" dedi.

Sadri ters ters baktı.

Yukardan tavan vuruldu. Musa'nın sesi duyuldu: "Uyandı mı kocaoğlan?"

Kimse cevap vermedi. Cemile homurdandı, kaşları çatıldı.

İki kardeş, ekmek, çay ve kara zeytinden ibaret yiyeceklerini isteksizce yiyorlardı. Cemile, Sadri'ye nazaran daha iştahlı görünüyordu. Bir sıra bembeyaz dişleriyle ekmeği ısırıyor, ağzına bir zeytin attıktan sonra sıcak çayı höpürtüyle yudumluyordu.

Sadri birinci bardağı bitirmeden, Cemile ikinciyi de yuvarlamış, sofra bezinin kenarıyla ağzını silerek çekilmişti.

Sadri de çayını bitirmişti ki, gene yukarıdan tavan vuruldu.

"Kocaoğlan! Hazır mısın?"

"Hazırım Musa, hazırım!"

Merdiveni indi, postallarını giydi. İşçi mahallesi işbaşına hazırlanıyordu.

Sadri kapıyı açtı. Soğuk bir rüzgâr odaya doldu. Avluya kuvvetli bir yağmur inmekteydi. Avlunun sağlı sollu kapıları açılıp kapandıkça zifiri karanlığa sarı sarı ışık parçaları vuruyor, çamurlar aydınlanıyordu.

Cemile de beyaz keten lastiklerini giyip ağabeyinin ardından çıktı. Babaları elinde lamba, kapıdan ışık tutuyordu.

Musaların yağmur almayan sofalarının altına avlunun kadın, erkek, çocuk işçileri birikiyordu. Biriken kalabalık uğultulu ve sabırsızdı.

Birisi, "Hazır mıyız?" diye sordu.

"Hazırız, hazırız, hazırız!" sesleri yükseldi.

Musa:

"Uygun adıııım marş!"

Sicim gibi inen yağmurun altında kadınlı erkekli, çocuklu işçi kalabalığı avlu kapısına doğru yürüdü. Hâlâ ışık tutmakta olan ihtiyar Malik, "Allah vi dao kuvvet,"* dedi.

Dışarı çıkıldı. Başka avlulardan gelen kalabalıkla dakikadan dakikaya büyüyerek yola devam edildi.

Acı poyraz? kuvvetle esiyordu. Erkekler önden yürüyordu, beyaz başörtü kalabalığı hâlindeki kadınlar peşlerinden. Eğri büğrü sokaklarda çamurlara bata çıka gidilirken, inceli kalınlı sesler, gülmeler, haykırışlar yükseliyordu. Kaypaklaşmış bir tümsek inilirken bazen ayaklar kayıyor, yuvarlananlar oluyordu. O zaman, "Çüüüş"ler, "Ohaaa"lar yükseliyor, kahkahalar atılıyordu.

---

* Allah kuvvet versin (Boşnakça).

Cemile en arkadaydı. Bir yanında Halime, bir yanında Güllü.

Cemile, "N'oldu soyka kız?" diye sordu.

Güllü:

"Kim?"

"Karakız..."

"Bilmem... Ağabeyimin orada zıbardıydı..."

Bir bahçenin kenarından geçiyorlardı. Sağ yanları su dolu bir hendekti. Daracık yolda birerli kolla gidiyorlar, ıslak toprak ayaklarının altında kayıyordu,

Cemile, Güllü'nün arkasındaydı, Halime de Cemile'nin arkasında. Birden Cemile'nin ayağı kaydı, sağındaki hendeğe dirseğine kadar battı. Bu, o kadar ani olmuştu ki! Hendeğe yan vermesiyle kalkması bir oldu. Sırılsıklamdı.

Bir erkek gibi sövdü:

"Allah kahretsin böyle hayatı, kahretsin!"

"Amiiin!" dediler.

Cemile ellerini siyah önlüğünün eteğiyle sildi, yirmi metre sonra mahallenin bozuk yolu bitiyor, geniş bir meydanlıktan sonra parke cadde başlıyordu.

Su birikintileriyle vıcık vıcık meydanı geçtiler. Mahalle çocukları yazın burada futbol oynar, kumarcılar barbut atar, üçkâğıtçılar kâğıt açar, şeker kamışı somurulur, çikolata kartları üzerindeki numaralarla mektep çocukları bir çeşit kumar oynarlardı. Meydanlığa tam çıkmışlardı, öyle kuvvetli, öyle acı bir poyrazla karşılaştılar ki, "Ah"lar yükseldi.

Cemile ıslak üstü başı içinde donuyordu.

"Allah Yarabbi!" diye bağırdı.

Erkekler cevap verdiler:

"Allah de kızım, Allah de ki bahtın açılsın."

Bir başkası:

"Ayıp ayıp! Demir gibi işçilersiniz. Soğukta üşünür mü?"

Dokumacı Musa, "Çocuklar, bu soğuk neden biliyor musunuz?" diye sordu.

"Neden?"

"Sıcak olmadığından!"

"Laf söyledi balkabağı!"

Musa sövdü. Birisi ağzıyla zort çekti, kaçtı. Musa kovaladı. Çamurların içinde bir kovalamaca başlamıştı. Gülüşmeler, kahkahalar, eheyler... Ehey ve kahkahaların çılgın bir hâl aldığı sıra, çamurlu yol bitmek üzereydi. Soldaki karanlık sokakta motoru çalışan bir otomobil sesi işitildi. Arkasından kuvvetli bir ıslık. Ehey ve kahkahalar dindi.

Islık tekrarlanınca, Musa, "O ne?" diye kendi kendine sordu:

Sadri, "Cemile!" diye seslendi.

Cemile, Halime'yle Güllü'nün arasındaydı, arkadaşlarının kollarını sımsıkı tutmuştu.

"Burdayım ağabey."

Yavaş çalışan motor sesi birdenbire hızlandı ve geceyi kapladı.

Sadri tekrar, "Cemile!" dedi.

"Burdayım ağabey."

Üçüncü ıslıktan sonra motorun homurtusu daha arttı ve 1927 model siyah bir Ford önlerinden ağır ağır geçti.

İşçiler durmuşlardı. Ford'un geçmesini beklediler. Ama Ford geçip gideceğine durdu, işçilerin gireceği sokağı boylu boyunca kapadı.

Musa:

"E, n'olacak?"

Arabadan sinirli biri cevap verdi:

"Anayın dini olacak!"

"Senin anayın dini olacak."

"Lan kes... İnersem Allahını şaşırırım ha!"

Camgöz Sadık'ın sesini tanıyan Sadri hemen Cemile'nin yanına geldi.

"Korkuyor musun?"

"Korkmuyorum. Kimden korkacakmışım?"

Güllü:

"Titriyorsun ama."

"Öfkemden. Akıl diyor..."

"Yürü bacım yürü," dedi Halime.

Arabanın arkasından zorla geçtiler. Geride kalan Musa'nın öfkeli sesi işitilmekteydi.

Cemile, "Allah vere de kavga etmese Musa!" dedi.

Sadri, "Sen yürü hele," diye arkasından itti.

Cemile kızdı.

"Yürüyorum ya... Ne itiyorsun?"

"Başlama gene..."

"Başlarım tabii... Adam bize arka çıkıyor. Düşünmeyim mi?"

"Yahu bütün arkadaşlar yanında. Onu yalnız bırakırlar mı?"

Ford arkalarından ağır ağır geliyordu. Adımlarını açtılar.

Sadri'nin yanına sokulan Musa, "Çakıyorsun ya?" dedi.

Sadri geriledi:

"Camgöz Sadık'tı değil mi?"

"Tabii..."

"Ötekiler kimdi?"

"Karanlıkta tanıyamadım... Lakin Camgöz Sadık'ı iyice tanıdım."

"Ah o babama ne deyim..."

"Niye?"

"Niyesi var mı yahu? Ver kâtibe olsun bitsin."

"Tabii canım. Durduğu hata. Biz olmasaydık sağlama kaçıracaklardı."

"Sağlama..."

"Sana bir şey deyim mi Sadri? Ben kâtiple konuşacağım. Ne dersin?"

"Ne diyeceksin?"

"Arkadaş, diyeceğim, adamını gönder, kızı istet. Elini çabuk tut!"

"Evet?"

"Kaçıracaklar, diyeceğim."

Sadri cevap vermedi. Gecenin içinden fabrikanın iniltili sesi geliyordu.

Musa, "Konuşacağım arkadaş," diye kesinlikle tekrarladı. "Bugün kaçıramadılarsa yarın kaçırırlar, yarın kaçıramazlarsa öbür gün. Muy'un kızını bilmiyor musun? Ben konuşurum, bitsin gitsin. Düğünlerinde bari kana kana bir rakı içerim."

Tatsız tatsız gülen Sadri, "Ben dünden razıyım, arkadaş. Bana göre hava hoş. Onun yüzünden her gün itten köpekten bir araba laf işitiyorum, ne mecburiyetim var? Öyle değil mi ama?"

Son köşeyi dönünce ışıklar içinde fabrika göründü. Karanlık göğe uzanan kalın bacasından savrulan dumanları acı poyraz parçalayıp dağıtıyordu.

18

Gecenin ikisine doğru bardan yıkılarak çıkan Kâtip Necati, kısa boylu arkadaşına, "Ben fabrikaya gideceğim!" dedi.

Bir eski binbaşı oğlu olan ve annesinin nesi var, nesi yoksa satıp barda yiyen bu arkadaşı, Necati'yi çok severdi.

"Ne var fabrikada?"

"Ne mi var? En yakın arkadaşımsın güya... Bilmiyor musun?"

"Ha, şu mesele. Boşnak kızı değil mi?"

"Tabii..."

"Fabrikada mı şimdi?"

"İki saattir işbaşında olması lazım. Bu kafayla gidersem konuşabilirim gibi geliyor bana."

"Çok utangaçsın. Alt tarafı bir işçi kız. Konuşamayacak ne var? Nesinden utanıyorsun?"

"Yazıklar olsun..."

"Niye?"

"Sen de babaannem gibi konuşuyorsun. O da dudak büker, bir işçi kız der."

"Gücüne mi gitti?"

"Gitti tabii."

"O hâlde affedersin kardeşim."

Necati'nin boynuna sarıldı, yanaklarından öptü.

"Affettin mi?"

"Bir daha bu tarzda konuşmamak şartıyla."

Islak caddeyi karşıdan karşıya geçtiler. Şehrin bu en büyük caddesi bomboştu: Elektriklerin çoğu sönmüştü. Uzaklarda bekçi düdükleri... Az sonra sarhoş kahkahaları taşan iki araba, allı, yeşilli, morlu bar kızlarıyla geçip gitti.

Bir köşe başında arkadaşından ayrılan Kâtip Necati fabrikanın yolunu tuttu. Başı ağrıyordu. Barda gene bir sürü sarhoşla tanışmış, ismini bildiği bilmediği çeşitli içkiler içmişti. Bu içkileri isteyerek değil, yeni tanıştığı, daha doğrusu tanıştırıldığı kimselerin zoruyla içmek zorunda kalmıştı. Oysa, artık barı da, birkaç saat canciğer olup sonra unuttuğu dostları da sevmiyor, sevemiyordu. O istiyordu ki, Cemile'yle evlensin, içkisiz, dalaveresiz, her türlü endişeden uzak bir aile yuvası kursun. Sabahleyin evden çıkarken karısı onu kapıdan uğurlasın, akşamüzeri paydoslarda kapıda karşılasın. Derli toplu bir ev, tertemiz, saf bir kadın, tertemiz kadının ilgisi, samimi sevgisi...

Fabrikanın sımsıkı kapalı demir kanatları önünde durdu. Bu saatte fabrikada hiçbir işi yoktu, olamazdı. Bunu, başkalarının, mesela iplikhane ustasının adamlarının pekâlâ düşünebileceklerini, hatta sabahleyin ustalarına yetiştireceklerini gayet iyi bilmekle beraber, aldırış etmiyordu. Fabrika sahibi Numan Şerif Bey ona açıktan açığa arka olmuş, ortağı Kadri Ağa'ya rağmen tutmuştu.

Demir kapıyı yumrukladı. İkinci yumruklayışta kapı açıldı, Boşnak kapıcı:

"Ooo.. Enişte! Hoş geldin yahu."

O her zaman gerek kapıcılar, gerekse işçilerle senli benliydi, onlarla konuşmaktan, şakalaşmaktan hoşlanırdı.

"Hoş bulduk," dedi, içeri girdi.

"Hayrola böyle gece vakti?

"Hiç. İşim var biraz da..."

Kapıcı göz kırptı.

"Ne işi?"

Necati sadece güldü.

Sonra kapıcının kulübesine girdi, birer sigara yaktılar, Fakat Necati'nin başı çok fena ağrıyordu. Kulübe duvarında asılı el aynasını aldı, yüzüne baktı. Yeni tıraşlı, tombul, kıpkırmızı yanaklar... Yandan ayrılmış briyantinli saçlar, inceltilmiş bıyık... Favorileri uzun uzundu. Dilini çıkarıp baktı; paslı bir dil.

Aynayı yerine asarken, "Başım çok fena ağrıyor!" dedi.

Kapıcı, "Yut bir Aspirin!" tavsiyesinde bulundu. Sigaralar sessiz sessiz içiliyordu. Bir ara kapıcı, "Seninki içerde!" dedi.

"Kim benimki?"

"Yapma be Necati Bey..."

"Kim sahi, benimki kim?"

"Numara yaparsın?"

Necati güldü.

Kapıcı:

"Tanırsın babasını, yoksa tanımazsın?"

"Tanımam..."

"Var bir baba onda, dört yüz dirhem!"

Ve başladı... Kaynatasının ne adam olduğunu şundan bundan çok dinlemişti. Kızı, babasının asaleti, şusu busu için sevmemişti ki. O küçücük bir memurdu. Aldığı maaş çok azdı. Şu küçücük memurun azıcık maaşıyla yetinecek bir kız istemişti. Akrabaları içinde zengin kızlar yok değildi. İstese onlardan herhangi birini alabilirdi. Ama bunu hiçbir zaman istemedi.

Kalktı, kulübeden çıktı. İplikhaneye girip girmemekte tereddüt ediyordu. İplikhaneden kovuluşu yüreğine işlemişti. Sanıyordu ki, kızlar bunu hatırlayıp gülüşecekler, alaya alacaklardı. Buna rağmen iplikhaneye taraf yürüdü.

Dokumahanenin önünden geçerken, kısa boylu, şişman bir adam, uzun boylu, zayıf bir delikanlıyla yanında durdular. Zayıf, uzun boylu delikanlı kızarıp bozarıyordu. Nihayet ayrıldı, dokumalara girdi.

Beriki, "Arkadaş, dedi, "ben Cemile'nin ev sahibiyim. Sennen konuşmak istiyorum biraz."

Necati hayretle baktı.

"Ne konuşacağız?"

"Benim adım Musa. Hadi şu apteshane aralığına gidek, birer cigara içek..."

Dokumacı Musa'nın babacan hâli Necati'nin hoşuna gitti.

"Hadi gidelim."

Bir arı kovanı gibi uğuldayan tuvalet aralığına girdiler.

Sigara paketini çıkarıp ikram eden Musa, "Ben, harbiciyim arkadaş, efendice laflar bilmem, kusura bakma," dedi. "Demin yanımda tüysüz bir oğlan vardı ya hani, o da Cemile'nin ağabeyi, adı Sadri'dir. Gel dedim gelmedi, utandı, toy. Lakin seni çok seviyor. Babası olmasa işin içinde, bacısını sana hemen verirdi, bir iki demeden."

Dokumacı Musa, Kâtip Necati'nin o kadar hoşuna gitti ki...

"Çök bakalım arkadaş!" dedi.

Çömeldiler, sırtlarını duvara dayadılar.

"Sonra?"

"Sonrası sağlığın. Sana kardaşça bir tavsiye. Eğer bu kızı ciddi olarak seviyor, kendine aile yapmak istiyorsan, elini çabuk tut, bir iki deme, kızı istet. Yoksa..."

Necati huylandı.

"Yoksa?"

"Kızın başında bir bela fırlanıyor..."

"Ne gibi?"

Dokumacı Musa gece işe gelirken, önlerini kesen otomobil olayını bire yüz katarak anlattı. Necati adamakıllı telaşlanmıştı. Gözleri büyüdü. Elleri titremeye başladı.

"Kim? Kim bunlar?"

"Kim olacak... Bizim dokumalardaki Camgöz Sadık filan."

"Fellahlar mı yani?"

"Esas kendilerine değil. Bir Halil var, Deveci Çopur Halil..."

"Ee?"

"Ona, oğlan bayağı varlıklı, para döküyor. Onun için, elini çabuk tut arkadaş..."

Necati çılgına dönmüştü. Yeni bir sigara yaktı. Babaannesine birdenbire fena hâlde içerledi. Kızı gidip görmesi, hatta babasından istemesi için kaç kere yalvarmıştı. Her seferinde de, "Sen bir bey çocuğusun, sıradan bir işçi kızıyla evlenmek sana yakışır mı? Senin yoksa bile babanın şerefi var, el âlemin yüzüne nasıl bakarım sonra? Ben böyle işe girişemem," diye başından atmıştı. Babaannesini karıştırmadan bu işi kıvırabileceğini aklı kesse, gider babasından kendi isterdi ama...

Dalmıştı. Birden, Musa, "Aha aha, seninki gidiyor!" dedi.

Necati baktı. Siyah önlük, beyaz başörtüsüyle onunki, su içmeye, karşı musluklara taraf gidiyordu. Yanında iki arkadaşı vardı.

Elindeki sigarayı atıp firladı. Kızların yanına gelince durdu. Gözleri kararıyor, başı dönüyordu. Kızların hemen arkasındaydı, ama kızlar onun farkında değildiler. Necati pişman olmuştu. Geri dönecekti ki, onunki başını çevirdi, bir an göz göze geldiler. Kız hafif bir çığlıkla kaçındı, başörtüsüyle ağzını kapadı. Cemile'nin yanındakiler de işin farkına varmışlardı.

Yüzü hafif çiçek bozuğu olan, Bankocu Güllü, "Burada konuşmak olmaz, görürler!" dedi.

Necati, "Bir şey sormak istiyorum," diye kekeledi.

"Ne soracaksın?"

"Kendisini babasından isteteceğim. Ne diyor?"

Güllü, "Cevap versene kız!" dedi.

Cemile gülüverdi.

Güllü üsteledi:

"Cevap versene kız, domuz!"

Başını birdenbire çeviren Cemile sertçe çıkıştı:

"Madem böyle bir niyetin var ne duruyorsun?"

Güllü:

"Elini çabuk tutmazsan, karışmam sonra!"

Cemile:

"N'olur?"

"Geceyi unuttun mu? Tomafili?"

Cemile omuz silkti. "Hiç kimseden korkmuyorum ben." İplikhaneye taraf yürüdü. Halime de ardından. Arkada kalan Güllü, "Ben İzzet Usta'nın bacısıyım, sen onunla görüş en iyisi. Ağabeyimin sözünden çıkmaz Cemile'nin babası. E mi?" dedi. Cemilelerin peşinden koştu.

Az ileride bekleyen Musa, "Konuştun mu?" diye sordu.

Necati, "Konuştum," dedi.

"Neye karar verdiniz?"

"İzzet Usta'nın bacısıymış o kadınlardan biri..."

"Heye, Güllü... Ne dedi?"

"Ağabeyim, Cemile'nin babasıyla konuşacak, dedi."

"Hah... Şimdi oldu işte, tamam. Malik Ağa İzzet Usta'yı gözü gibi sever, bir dediğini iki etmez. Hadi ben gidiyorum."

Musa dokumahaneye taraf yürüdü. Sadri dokumahane kapısında bekliyordu.

"N'oldu?" dedi.

Musa:

"Bize kim derler yahu?"

"Konuştun mu?"

"Bak hele bak... Lakin iyi oğlan arkadaş, sapına kadar delikanlı."

"Niye?"

"Gel birer cigara içek, dedim, hadi dedi, bennen hela aralığına bile geldi. Öteki memurlar olsa..."

Dokumahaneden içeri girdiler.

19

Karakız gözlerini açtığı zaman saat sabahın sekizine geliyordu. Kitap okuyan İzzet Usta, Karakız'ın uyandığını görünce, "Günaydın!" dedi,

Karakız ilkönce her şeyi yadırgadı. Etrafına şaşkın şaşkın baktı.

"Beni buraya kim getirdi?"

İzzet Usta kısaca anlattı.

Karakız, "Bismillahirrahmanirrahim," dedi.

Sonra her şeyi hatırladı. İzzet Usta'ya çekinerek bakıyordu.

"Ben burada dün ikindiden beri mi yatıyorum?"

"Tabii..."

"Bütün gece burada mıydım?"

"Evet."

"Vay başıma gelenler..."

"Niçin? Ne oldu?"

"Hiç..."

Telaşla kalktı, üstünü başını düzeltti. Hemen gitmek niyetindeydi.

İzzet Usta:

"Olmaz, kahvaltı etmeden gidemezsin."

"Ziyade olsun usta. İşe de gidemedim. Tuh, oldu mu ya? Beni niye uyandırmadın?"

"Denedim, olmadı, Çok sarhoştun."

Kalktı, ekmek, peynir, çay getirdi. Karakız şimdiye kadar hiç kimseden görmediği bu yakın ilgi karşısında sıkılıyor, yaptıklarına pişman oluyordu. Küçük bir tepsi içinde getirdiği kahvaltıyı önüne bırakan İzzet Usta hasta karısının başucuna çekilmiş, kitabını açmıştı.

Karakız, "Usta be, amma da çok kitabın var!" dedi.

"Öyle mi?"

"Niye bir kâtiplik almıyon?"

İzzet Usta uzun uzun güldü.

"Essahdan niye almıyon? Daha rahat değil mi? Yaz kış bir masanın başında, oh..."

"Vermiyorlar bacı, vermiyorlar. Rahatlığı kim sevmez?"

"Madem vermiyorlar, ne diye okuyorsun? Gözlerine yazık değil mi? Kâtip olamadıktan sonra..."

İzzet Usta cevap vermemeyi uygun buldu.

Karakız onu gözucuyla uzun uzun inceledikten sonra, ağzını sofra beziyle sildi. "Ziyade olsun, usta. Allah yokluk kederi göstermesin."

"Afiyet olsun. Doydun mu?"

"Şükür, doydum. Ziyade olsun."

Kalktı. Ayakkabılarını giydi.

"Hoşça kal usta."

"Güle güle bacı. Gene gel. Burası yabancı yer değil."

"Eksik olma."

Dışarı çıkıp kapıyı çekti. Kim ne derse desin, şu adam çok hoşuna gitmişti. Gece ilişip ilişmediği aklına geldiyse de, ihtimal vermedi. İzzet Usta'nın böyle şeyler yapmayacağına inanıyordu. Kebapçının oraya geldi. Camgöz Sadık tek başına oturmuş içiyordu. Karakız'ı görünce:

"Nerdesin lan hey Allahsız oğlu Allahsızın kızı, nerdesin?"

"Sorma dayı oğlu, sarhoş olup kalmışım." İçeri girdi, bir iskemle çekip oturdu.

Camgöz Sadık, "Bir çuval inciri berbat ettik," dedi. "Seni görüyon mu seni... Ensesinden kör bıçakla kesilecek şeysin Allahıma..."

"Ne yapayım kardaş, kendimden geçmişim. Madem bir işe karar verdik, insan o kadar içirir mi? Zorladınız da zorladınız."

"Seni erkek belledik ne bilelim."

"Erkeğim oğlum, gene de erkeğim ama..."

"Ee?"

"Şarap afyonlu muymuş neymiş... Sarhoş etti beni." Başından geçenleri anlattı.

Camgöz Sadık'ın aklı gitti.

"Demek İzzet'in evinde kaldın?"

"Sabahleyin gözlerimi bir açtım ki ne açayım? Saat sekiz. İzzet Usta da kitap okuyor. Ulan bir düşündüm... Lakin Sadık, şöyle böyle diyorsunuz ama, herif sapına kadar adam!"

"Çek lan sen de... Adammış. Onun adamlığının da... Sana fazla iltifat etti galiba? Akşam tam tertibatı aldık, yolu kestik, bir ıslık, bir ıslık daha... Güya bacımız işaret verecekti."

"Ne yapayım kardaş, sarhoş olmuşum dedim ya. Halil nerde?"

"Gitti."

"Köye mi?"

"Köye ama, birkaç güne kadar gene gelecek. Allahın günü tükenmedi ya. Bu sefer fosa çarptık, bir de ayık kafayla tecrübe edeceğiz bacımızı. Nasıl?"

Karakız şöyle bir düşündü. Aklına İzzet Usta geldi. Cevap vermedi.

Camgöz Sadık sordu:

"Niye cevap vermiyorsun?"

"Ne bileyim vallaha kardaş."

"Korkuyor musun yoksa?"

"Korkmuyorum ama..."

"Korkmuyorsan... Aması ne?"

"Kız Halil'i sevmiyor ki..."

"Anlaşıldı, senin aklına girmişler... O İzzet deyyusu mu girdi aklına yoksa?"

"Benim aklıma hiç kimse giremez. Ben insan değil miyim? Benim aklım yok mu?"

"Haşa bacı, estağfurullah... Ama, dün peki diyordun. Bugün hava değişti."

Karakız cevap vermedi.

Camgöz Sadık el çırptı. Garson koşarak geldi.

"Bak bacıya, ne yiyecek? Bir ufak içer misin?"

Karakız, "Yok babam yok, hâlâ içim bulanıyor," dedi. "İçmem. Körkütük sarhoş olmuşum..."

"Kebap ye!"

"Eh, bir kebap yerim hatırın için."

Garson çekildi.

Camgöz Sadık, "Sen essahtan mı boş veriyon yani?" dedi.

"Neye?"

"Cemile işine?"

"Ne bileyim Sadık, sonu iyi mi olur, kötü mü? Bunun ardında mapislik de var!"

"Yahu sana göre hava hoş. Islık çaldık mı sen öksürecen... Üst tarafina karışma... Herif para koyuyor yahu... Enayilik etme bacı. Kız gibi üç tane onluk sana."

Üç kırmızı onluk Karakız'ın kafasında canlandı. Onluklar açılıp kapanıyorlardı. Onluklar o kadar canlı, öylesine kudretliydiler ki, İzzet Usta ve onun iyiliği yavaş yavaş silinmeye başladı. Kebabını yiyip bitirdiği zamansa, eski Karakız olup çıkmıştı.

Camgöz Sadık, "Nasıl, anlaşmaya vardık mı?" diye sordu.

"Bakalım," cevabını verdi, "kısmetse."

Bunun peki demek olduğunu anlayan Camgöz Sadık'ın neşesi yerine geldi. "Yaşşa bacı! Sen kimin bacısısın! Garson oğlum, bir yarım daha getir..." diye bağırdı.

Yeni gelen yarım kiloluk şaraptan Karakız da bir bardak içtikten sonra kalktı.

"Nereye?"

"Fabrikaya gideyim hele."

"Kızı gör, o değilden davran, gir sakalının altına. Çakarsın ya?"

"Orasını bana bırak. Az çok bilirsin bacını..."

Kebapçıdan çıktı.

Saat dokuza geliyordu. On bir buçukta millet paydos edecekti. Bunu bildiği hâlde, Cemile'yi görmek, ondan özür dilemek, sakalının altına girmek için adımlarını açtı.

***

Karakız'la iplikhane kapısında karşılaşan koca göbekli usta, "Maşallah hanımefendi, feneri nerede söndürdün?" dedi.

Karakız güldü.

"Fabrika kapısında!"

"Neredeydin?"

"Örtümün altında."

"Şakayı bırak, neredeydin sahi?"

"Sorma, bizim dayı oğluyla kafayı çektiydim, biraz fazla kaçırmışım..."

"Yalansın."

"Yalan mıyım? Yalancı senden rezil olsun be!" Kahkahayla güldü.

Usta, "Git benim odaya, geliyorum," dedi.

Karakız göz kırptı:

"N'olacak?"

"Git, geliyorum."

"Yok babam yok, odanda işim yok senin, aboo..."

"Sahi git, bir şey söyleyeceğim."

"Burada söyle!"

"Kız git, kafamı kızdırma ha!"

"Benim işim var, gidemem. Hem sen bennen küs değil misin?"

Yürüdü.

Karakız'ın kendilerine doğru geldiğini gören Cemile, "Geliyor!" dedi.

Yanı başındaki Halime baktı.

"Pis cenabet..."

Güllü de baktı. Cemile'ye, "Yüz verme ha!" dedi.

"Yüzü yüzülsün..."

Arsız arsız gülerek Cemile'nin yanına sokulan Karakız:

"Aman bacım, yüzünüze bakamıyorum vallaha. Beni affedin. Neydi o hâlim değil mi?"

Cemile cevap vermedi. Kaşlarını çatmış, işiyle meşguldü.

Karakız sordu:

"Yoksa bennen küstün mü?"

Güllü, "Tabii küstü," dedi.

"Niye? Ben ona ne yaptım?"

"Daha ne yapacaksın?"

"Ne yaptığımı bilmiyorum ki. Bir suçum, bir günahım varsa söyleyin!"

Cemile:

"Neyse, fazla uzatma! Bir daha benimle konuşur, bana laf atar, yanıma gelirsen ben bilirim yapacağımı..."

Karakız hınçla baktı. Cemile'nin üstüne atılıp saçlarını eline dolayabilirdi, ama aklında üç onluk, kırmızı üç onluk... İşi şakaya vurdu:

"Aboo... Amma da kızmış ha! Demek ben ne haltlar etmişim! Vay bacım vay! Ayağım kırılaydı, dilim tutulaydı da..."

Usullacık savuştu.

Cemile, "Pis cenabet!" dedi.

Güllü, "Gene bir domuzluğu var. Yoksa bu sözleri yemezdi o... Aman tetik dur Cemile... Değil mi?"

Cemile, "Doğru..." dedi.

Başlarını önlerine eğerek işlerine koyuldular.

20

Cemile öğle paydosunda eve döndüğü zaman, babası fakir bir Boşnak'ı tıraş ediyordu. Her zaman iki eli kanda bile olsa kızına bakar, güler, laf atardı. Babasının bu ilgisizliği Cemile'nin gözünden kaçmadı. Usulcacık yukarı çıktı, örtüsünü, tozlu önlüğünü filan suçlu suçlu çıkardı. Babasının bugün yemek bile pişirmediği anlaşılıyordu. Her gün odadan içeri girdi mi, mis gibi bir yemek kokusuyla karşılaşır, iştahı açılırdı.

Tıraş bitmişti. Boşnak teşekkür üstüne teşekkür ederek çıkarken, odaya Sadri girdi. Cemile'ye laf olsun diye, "Bugün beklemedim, memnun oldun mu?" dedi.

Cemile bakmadı bile.

İhtiyar Malik tıraş leğenini yıkadı, bileğitaşını, kayışı, usturayı güzelce silip küçük çantaya yerleştirdi.

Bütün bunları kapıda, ayaküstü seyreden Sadri, "Bugün yemek de pişmemiş galiba?" dedi.

İhtiyar Malik cevap vermedi.

"Öyle mi baba? Yemek pişirmedin mi bugün?"

"Pişirmedim."

Cemile'yle Sadri bakıştılar. Bir şeyler sezmişlerdi.

İşini bitiren ihtiyar Malik merdiveni ilgisizlikle çıktı, geçti köşesine oturarak pencereden dışarılara bakmaya başladı.

Sadri de postallarını çıkarıp babasının yanına geldi, ayakucuna diz çöktü.

"Zorun nerenden baba? Niye darıldın?"

İhtiyar adam dışarılara bakmaya devam etti.

"... Eksik bir hareketimizi mi gördün? Yoksa birisi bir şey mi söyledi? Benim hakkımda mı?"

Birdenbire kızına dönen ihtiyar sordu:

"İzzet'ten duyduklarım doğru mu?"

Cemile sapsarı kesildi.

"Sana söylüyorum!"

"..."

"Sana söylüyorum, cevap versene!"

Başını sertçe çeviren Cemile ıslak kirpikleriyle ok gibi baktı:

"Evet, doğru!"

Yerinden kalktı, yatak yığınına kapandı, hüngür hüngür ağlamaya başladı. İnce genç kız omuzları sarsıla sarsıla, hıçkıra hıçkıra ağlıyor, fırtınaya tutulmuş gibi, gittikçe artan bir hıçkırıkla ağlıyordu. On beş yıldır kızını ilk defa bu kadar ağlatan ihtiyar Malik'in yüreği parça parça oluyor, kalkıp onu eskiden olduğu gibi kucağına almak, gözyaşlarını silip, öpmek istiyordu. Buna rağmen, biraz da zorla:

"Cehennem beri sen daha öte! Bundan sonra benim Cemile isimli kızım yok artık. Başımı alıp gideceğim, köyüme gideceğim."

Oğluna döndü:

"Benim oğlum yeter bana. Birlikte çeker gideriz. Kız kısmı değil mi? En iyisinin tırnağına köpek sıçsın! Yüreklerine el oğlu girdi mi, bırak. Bir gün bir tekme baba evine... Zarar yok. Ben de bundan sonra dünyada Cemile isimli kızım yok derim biter gider. Oğlum var ya, yeter. Birlikte çift sürer, ekin biçeriz. Kendi ellerimizle çaktığımız iki göz bir huğumuz olur. Gel benim oğlum, benim vefakâr oğlum..."

Sadri'yi kucağına aldı. Cemile'ye gözucuyla baktı. O hâlâ hıçkırıyordu. Kızının hıçkırmasından vahşi bir zevk alan ihtiyar Malik, onu iyice üzmek isteyerek, devam etti:

"... Sadrom benim, aslan oğlum. Kışın, değil mi Sadro, çatarız ocağımıza odunları, süreriz cezveyi... Muy da bizimle olur, ha?"

Sadri:

"Bu Musa dangalak mangalak ya, bazen kitap gibi laf söylüyor."

"Ne söyledi gene?"

"Kız kısmı değil mi dediydi..."

"Hiç canım, en iyisinin tırnağına..." Cemile'ye gözucuyla baktı. "Eloğlu için, ne baba, ne ana, ne de kardeş..."

Öfkeyle dönen Cemile, "Şimdi gidip kendimi ırmağa atarım ha! Ne istiyorsunuz benden?" diye bağırdı.

Sadri kahkahayla güldü. İhtiyar Malik'in artık dayanacağı kalmamıştı. Kalktı, kızının yanına gitti. Eskiden olduğu gibi onu kucağına aldı, yaşlı gözlerini öpmeye başladı. Ama bu eski Cemile, onun sevgili kızı, kızkosu Cemka değildi... Yabancı bir vücudu kucaklamış gibi irkildi. Sonra kafasından her şeyi atarak onu tekrar bağrına bastı:

"Cemkam benim! Yavrum benim, kuçkam* benim..."

Kucağında kızı, az evvel kalktığı yere geldi, oturdu.

Cemile artık ağlamıyordu. Islak gözleriyle önüne bakıyordu. Başını babasının göğsüne dayamıştı. İhtiyar Malik kızının saçlarını okşuyor, onun ağırlığını tatlı tatlı duymaktan memnun, söyleniyordu:

"... Torunlarımı alır, köye gelirsiniz. Sadri'nin karısı inekleri sağar, yoğurt çalar, yayıkta ayran döver. Ben de gözümde gözlük, torunlarıma oyuncaklar yaparım. Ama geleceğinizi bize evvelden telgrafla bildirirsiniz, sizi Şarkışla'da trende karşılamaya geliriz. Sadri'nin karısını getirmeyiz ama..."

Sadri:

"Niye? Bizim karının suçu ne?"

Cemile katıla katıla güldü.

"Senin karın pis, elleri mayıs kokar da ondan!"

"Hadi kız, sen de... Elleri mayıs kokarmış..."

"Kokar tabii."

"Benim karım sizi beğenecek mi bakalım. Karnım acıktı benim Babilo, ne yiyeceğiz?"

İhtiyar Malik davranırken, "Beni yiyin," dedi. "Koca kız, dur şöyle bakayım..."

Kalktı, aşağı indi.

"Pastırmayla yumurta alıp geleyim bari..."

Her şeye rağmen içinde bir sızı, kızının er geç gideceğini düşünmekten gelen bir sızı, dışarı çıktı, kapıyı usulcacık çekti.

Sadri, "Akşam ne konuştun?" diye sordu.

Cemile gözlerini kim bilir kaçıncı defa silerek, "Ne biliyorsun?" dedi.

"Bilirim ben."

"Sahi ne biliyorsun?"

---

* Dişi köpek.

"Musa'yla beraberdik, onu gördük, Musa dedi ki gidip konuşacağım, dedi, gitti konuştu. Onu sana Musa göndermiş..."

Cemile tavana doğru şükranla baktı:

"Ne iyi adam şu Musa değil mi?"

Kapı açıldı. İzzet Usta göründü. Sadri'yle Cemile, "Buyur," dediler, "buyur ağabey çıksana!"

İzzet Usta, "Hayır, çıkmayacağım," dedi. "Babana açtım meseleyi. Hiç şaşmadı. Zaten böyle bir şey bekliyordum, dedi. Merak etme Cemile..."

Cemile, ağabeyine baktı, gülümsedi.

Sadri:

"Eksik olma usta! Her şey olup bitti."

"Sahi mi?"

"Fırtına esti, şimşekler çaktı, sonra bir yağmur..."

"Mesele yok. Şunu da söyleyim. Necati'ye vaziyeti bütün inceliğiyle anlattım. Ne yapıp yapacak, babaannesini gönderecek. (Cemile'ye) Evi çok temiz, tertipli tut. Onlar her şeye inceden inceye bakarlar, başkalarının gözlerindeki çöpü görmeye pek meraklıdırlar. (Sadri'ye) Ne oluyor? Fabrikada ne var, ne yok?"

Bunu birdenbire hatırlayan Sadri, "Bombok!" dedi.

"Bombok ha?.."

"Millet için için kaynıyor usta. Bu para gününden çok korkuyorum. Şefin adamları el altından veryansın ediyorlar!"

"Kadir Ağa?"

"O da bir taraftan."

İzzet Usta uzun uzun düşündükten sonra, "Yazık, çok yazık," dedi. "Sen sakın karışma!"

"Neye usta?"

"İtalyan'ı dövmek isteyeceklerdir, yahut da..."

Sadri dehşetle baktı. Bakıştılar.

Cemile, "Yahut da İzzet Ağabey?" diye sabırsızlandı.

İzzet Usta cevap vermedi, Cemile'ye sadece baktı. Kafası meşguldü. Sonra çıktı gitti.

Cemile, "İzzet Usta ne demek istedi ağabey?" diye sordu.

"İtalyan'ı belki de öldürürler, demek istedi ama, pek zannetmem. O kadar ileri gidemezler, ama gene de belli olmaz..."

"Öbür gün para alacağız değil mi?"

"Evet. Boş ver ona da..."

Güldü. Kız kardeşine ümitle baktı:

"Ee?" dedi Cemile.

"Sen de benim işimi yapacaksın ama!"

Cemile hayretle, "Ne işi?" diye sordu.

"Ben köye möye gitmek niyetinde değilim... Babama boş ver. Herkes köyden şehre geliyor, ben şehirden köye mi gideceğim? Ne işim var köyde. O köyde kim adam olmuş ki ben olayım? Benim köyüm de, şehrim de, anam da, babam da fabrika. Benim başka mesleğim yok. Ben fabrikadan başka iş göremem. Onun için..."

Cemile'ye tekrar ümitle baktı, güldü. Gözbebekleri sarı sarı parlıyordu.

"Evet, onun için?"

"Onun için, burda kalıp, senin yerine birisini getirmeyi düşünüyorum!"

Cemile her şeyi anlamıştı.

"Kimi?" diye sordu.

"Kimi mi? Benim gibi bir işçiyi tabii... Mesela kim olabilir?"

"Ne bileyim ben!"

"Düşün. Tahmin et bakalım..."

Cemile düşündü, ölçtü... Ağabeyine denk olabilecek kim vardı? Bazı isimler söyledi.

Sadri, "Bilemedin," dedi.

"Kim ya?"

"Kim mi? Senin arkadaşın!"

Cemile bir çığlık attı.

"Halime mi?"

Sadri usulcacık güldü.

Cemile:

"İmkânı yok ağabey, imkânı yok..."

"Neye?"

"Onun öyle cadı bir annesi var ki..."

"Ben onun annesini de bilirim, babasını da..."

"Tabii bilirsin, ama beş yüz lira almadan kızını vermeyeceğini de biliyor musun?"

"Beni çok seviyor, her zaman gel diyor. Babası da iyi adam, yatalak. Okumuş adam hem de, dolu kitapları var. Annesi beni çok seviyor, kızını bana vermek ister. Senin neyine gerek? Sen yap aramızı, üst yanına karışma!"

Cemile'yi bir düşüncedir almıştı. Yapmaya yapardı ama, Halime'nin annesini gayet iyi biliyordu. Bir tuzcuda çuval tamir işinde çalışan Zeynep Hanım, kırkında, kalın bacaklı, sürmeli, rastıklı bir kadındı. Ağabeyiyle niçin konuştuğunu, ona niçin yüz verdiğini, maksadının ne olduğunu tahmin etmişti. Yanındaki pencereden dışarılara baktı. Ortalık günlük güneşlikti.

Sadri, "Oldu mu?" dedi.

Cemile içini çekerek, "Bana göre hava hoş," cevabını verdi.

21

Para günü sabahtan itibaren işçi mahallesi sinirli bir hâlde, fabrikadan gelecek haberlere kulak vermiş, bekliyordu. Ne çamaşır yıkanıyor, ne çocukların başları sabunlanıyor, ne de yarı karanlık izbelerde birtakım işlerle uğraşılıyordu.

Bekleniyordu, fabrikadan gelecek, gelmesi gerekli bir haber bekleniyordu.

İzzet Usta, "Arkadaşlar," demişti, "kardeşler," demişti, "ağayla ustaların oyununa alet olmayın!"

Ama kimsenin dinlediği yoktu.

"Artık yeter!" deniyordu. Bıçak kemiğe dayandı, illallah!

"Ne istediğinizi iyice tayin ettiniz mi?"

"Ettik. İtalyan defolup gitmeli!"

"İtalyan'ın suçu yoksa ya?"

"Var veya yok. Madem ki onun gelmesi işimize sekte verdi, şu hâlde basıp gitsin, yahut da Numan Bey ağır bassın. İtalyan'ın düzenini bozanların kökünü fabrikadan kazısın. Her iki şekle de razıyız. İtalyan gelmeden önceki kazançlarımıza kavuşuruz hiç olmazsa!"

"İtalyan gelmeden evvelki kazançlarınızdan memnun muydunuz?"

"O da ayrı mesele."

Onun için mahalle, dakikadan dakikaya artan bir sinirlilik içinde bekliyordu.

Fabrika da aynı sinirlilik içindeydi. Kapılar sımsıkı kapanmış, kadın, erkek, çocuk işçiler para dağıtılan meydanlığı doldurmuşlardı. Siyah önlük, beyaz başörtüsü kalabalığı hâlindeki kızlarla kadınlar bir kenardaydılar. Birbirlerine sokulmuşlardı. Büyüyen gözlerinde endişe, nefes almaktan korkuyorlardı. Mavi tulumları pamuk tozu içinde dokumacılarsa en ön sıradaydılar. Çatık kaşları, asık yüzleriyle, azgın bir homurtu hâlinde bekliyorlardı. Bekliyorlardı ama, beklemenin de bir sınırı vardı.

Upuzun, kupkuru Arnavut Ömer, "Saat dörde geliyor!" diye homurdandı.

Herkes sesin geldiği yöne baktı.

Daha ne zamana kadar bekleyeceklerdi? Eskiden saat üç dedi mi paralar dağılmış olurdu. Herkesin işi gücü, çoluğu çocuğu vardı.

Dokumacı Camgöz Sadık bağırdı:

"Daha ne kadar bekleyeceğiz Allahsız oğlu Allahsızlar!"

İplikhaneyle dokumaların önündeki meydanlığı dolduran işçi kalabalığı, durgun suya atılan bir taş gibi dalgalandı. Huysuzluk arttı. Küfürler yükseldi. Sabırsızlığın öfkeli bir uğultu hâline geldiği bir sıra, meydanlığa açılan iplik ambarının kapısında para zarflarını taşıyan arabalar göründü.

İşçiler, "Hele şükür!" dediler.

Birisi, "Ne şükrediyorsunuz? Şükre zaman var daha!.." diye bağırdı.

"Öyle ya, zarfların içinden ne çıkacak bakalım, ayı mı, kurt mu?"

"..."

Arabalar yerlerine yerleştirildi. Kapaklar açıldı, bordrolar yayıldı ve başlandı. Üç kâtip işçilerin numaralarını okuyor, numarası okunan işçi, elindeki kartla gidiyor, bordroyu imzaladıktan sonra, içinde on beş günlük kazancı bulunan mavi zarfı alıp kenara çekiliyordu.

Zarflar merakla açılıyor, paralar avuçlara dökülüp, sinirli bir öfkeyle sayılıyordu. İtalyan gelmeden önceki kazançtan çok düşük olduğu görülünce, yüzler büsbütün asılıyor, sinirler gerildikçe geriliyordu.

Paralar teker teker sayıldıktan sonra, gruplar peydahlandı. Üçer.... beşer kişilik gruplar birleşip sekizer onar kişilik gruplar, yirmişer otuzar kişilik gruplar hâline geliyor, öfkeden zehir zemberek bir kalabalık gittikçe büyüyüp genişliyordu.

Bir saat içinde bütün paralar dağılmış, arabaların sandık kapakları kapatılmış, bordrolar dürülüp katlanmış, gidilmeye hazırlanılmıştı. Hazırlanılmıştı ama ellerindeki mavi zarflarla işçiler geçit vermiyordu ki...

Kâtiplerden biri, "Müsaade edin de geçelim!" dedi.

Kimse tınmadı. Bir başka kâtip sordu:

"Ne bekliyorsunuz arkadaşlar?"

Başta Camgöz Sadık'la arkadaşlarının bulunduğu işçi kalabalığı, kâtiplerin etrafını alıverdi.

"Ne mi bekliyoruz? Ne beklediğimizi çakmıyor musunuz?"

"Bizim ne suçumuz var arkadaşlar, biz de sizin gibi..."

"Evet!"

"Ücretliyiz..."

"Öyleyse ne beklediğimizi ne soruyorsunuz? Basın gidin!.." Kâtipler adamakıllı sersemlemişlerdi. Arabalardan birisine kuvvetli bir tekme atan bir işçi bağırdı:

"Basın ulan burdan züppeler, basın hadi!" Kâtiplerden biri fırladı. Muhasebeye koştu. Muhasebeciye durumu nefes nefese anlattı, dokumacıların müthiş gözlerinden bahsetti. Telaşlanan muhasebeci de Genel Müdür Salamon'un yanına gitti, kâtipten duyduklarını bir çırpıda anlattı.

Uzun boylu, iriyarı Salamon, dudağını yiyerek muhasebeciyi dinledikten sonra, Kadir Ağa'nın odasına geçti.

Kadir Ağa, elleri arkasında, kaba tüylü Isparta halısının üzerinde ağır ağır dolaşıyor, kapının yanında dikilmiş duran dokuma ustasının anlattıklarını dinliyordu.

Salamon içeri girince dokuma ustası sustu.

Kadir Ağa, "Ne var?" diye sordu.

"İşçiler galeyan hâlindeymiş efendimiz!"

Hiçbir şeyden haberi yokmuş gibi davranan Kadir Ağa sordu:

"Niye?"

Dokuma ustasına şöyle bir bakan Salamon, "Malum meseleler efendimiz, biliyorsunuz," dedi.

Kadir Ağa cevap vermedi. Köşeden köşeye gidip gelmesine devam etti. Sinirli bir memnunluk içindeydi.

Neden sonra, "Bana işçi temsilcisini çığır," emrini verdi.

Genel müdür dışarı çıktı.

Dokuma ustasına dönen Kadir Ağa, "Sen de ortalarda görünme, evine git!" dedi.

Ağayı yerlere kadar eğilip selamlayan dokuma ustası çıktı.

***

İşçilerin öfkesi her an artmaktaydı. Uğultunun gürültü hâlini aldığı bir an, para sandıklarından birini çekip üstüne sıçrayan Camgöz Sadık, bağırdı:

"Arkadaşlar! Elinize geçen paradan memnun musunuz?"

Başta Camgöz Sadık grubu olmak üzere, işçiler, "Değiliz!" diye gürlediler.

"Bu gâvur gelmeden önce aldığınız paradan bir şikâyetiniz var mıydı?"

"Yoktu. Gül gibi geçiniyorduk!"

"O yokken fabrikanın işleri geri mi kalıyordu?"

"Ne münasebet! İşlerimiz saat gibiydi..."

"Peki bu gâvura ne lüzum var öyleyse?"

"Lüzum yok. Cehennem olup gitsin!.."

"Onun da, onu başımıza çıkaranın da Allah belasını versin!"

"İstemiyoruz, bu kabuklu gâvuru istemiyoruz!"

Ortalıkta milyonluk kilovatların nabzı atıyordu. Camgöz Sadık sordu:

"Öyleyse daha ne duruyorsunuz?"

İtalyan'ın odasını parmağıyla işaret edince, meydan karıştı. Gözü dönen, zangır zangır titreyen kalabalık dokumahane kapısından içeri aktı. Uğultu, çığlıklar, küfürler yükseldi. Dokuma tezgâhlarının mekikleri, ele geçirilen birtakım demirler, tahta parçalarıyla İtalyan mühendisin sağlam duvarlı odasına yüklenildi.

Elinde para zarfıyla Cemile bir kenarda, sapsarı, titriyordu. Ne yapacağını şaşırmıştı. Ağabeyini aradı, göremedi.

"Ağabey!" diye bağırdı.

Dokumahane kapısına koştu. İçerisi ana baba günüydü. "Ağabeeey!"

İşçiler birbirine girmişti. Yerlere yuvarlananlar, eli yüzü kan içinde, çılgınca koşuşanlar...

"Ağabeyciğim!"

Hüngür hüngür ağlamaya başladı. Birdenbire aklına babası geldi. Uçan başörtüsüne aldırış etmeden, eve koştu.

"İşçi Kapısı" sımsıkı kapalıydı. Kapıyı yumruklamaya başladı.

"Açın, açın kapıyı!"

Boşnak kapıcı:
"Ne olacak? Nereye gideceksin?"
"Eve gideceğim, aç kapıyı!"
"Açamam, yasak!"
"Aç diyorum sana!"
Kapıcı ürktü, kapıyı açtı, Cemile dışarı fırladı.

22

İhtiyar Malik'le ihtiyar Muy oda kapısı önüne çömelmişlerdi. Cemile'nin avludan içeri çılgın gibi girdiğini görünce fırladılar.

Cemile bas bas bağırıyordu:

"Koş baba, koş koş koş!"

İhtiyar Malik kızını kolları arasına aldı.

"Ne var?"

"Fabrikada kan gövdeyi götürüyor!"

"Ağabeyin nerde?"

"Bilmiyorum!"

"Nasıl bilmezsin?"

"Bilmiyorum işte, aradım, bulamadım."

"O da içlerinde miydi?"

"Bilmiyorum. Su, biraz su!"

Oracığa çömeliverdi.

İhtiyar Malik'in kafasında bir şeyler oldu. Yanı başında dikilmekte olan eski silah arkadaşına baktı, bakıştılar. İhtiyar Malik'in gözleri dönmüştü. Artık ne kızı, ne de dünya. Aklında Sadri, yalnız o...

Alt eve girdi, sağlam bir odunla çıktı. "Öldük mü biz Muy?"

Muy öfkeyle, Boşnakça, "Hayır, ölmedik Malik!" dedi.

Cemile'nin getirdiği haber, sabahtan beri beklenen kötü haberdi, ulaşmıştı. İşçi mahallesi şöyle bir sarsıldı. Tehlikede oldukları hissedilen evlatlar, sevgililer için alt evlere dalındı, odunlar, tahta parçaları, taşlarla çıkılıp ihtiyar Malik'le Muy'un peşinde, yan yatmış, bağdaş kurmuş, diz çökmüş kerpiç ve ahşap kalabalığının dar, eğri büğrü sokaklarına düşüldü. İhtiyar Malik'le Muy'un peşinde bütün bir mahalle... Karnı burnunda gebe kadınlar, yalınayak çocuklar, romatizmalı, buruş buruş ihtiyarların sokak ve sokakta büyüyen kalabalığı fabrikaya akıyordu.

Bir ara önlerine İzzet Usta çıktı. Seli durduracağını umarak ihtiyar dostunun odun tutan havadaki kolunu yakalamak istedi. Ama artık bu kol yetmişlik bir ihtiyarın zayıf kolu değildi.

"Çekil İzzet!"

Çarptı, devirdi. Sonra yüz elli metrelik mesafe hızla geçilip fabrikanın demir kapısına yüklenildi. Elindeki odunu kapıya vuran ihtiyar Malik, bağırdı:

"Oğlumu verin! Sadrimi verin!"

Arkadan, "Oğullarımızı, kocalarımızı, evlatlarımızı!" sesleri yükseldi.

23

Cemile hafif bir baygınlıktan sonra kendine gelmiş, kalkmıştı. İçeri girdi, bir bardak su içip çıktı, örtüsünü arandı. Tam bu sırada avlu kapısında İzzet Usta belirmişti. Üstü başı çamur içindeydi.

Cemile koştu.

"N'oldu İzzet Ağabey?"

İzzet Usta cevap vermedi, başını esefle salladı.

"N'oldu? Düştünüz mü?"

"Düşmedim, düşürüldüm..."

Ağlayacak gibiydi. Durumu kısaca anlattıktan sonra, "Yazık, dedi, çok yazık oluyor... (ve mırıldandı) Ne çabuk aldanıveriyorlar!"

Odasına yürüdü.

Cemile tekrar örtüsünü arandı. Fabrikaya gidip babasını filan bulmaya niyetleniyordu ki, yaşlı iki hanımefendinin avlu kapısında dikildiklerini gördü, şaştı. Bu kadar iyi giyinmiş insanların bu mahallede işi neydi?

Kadınlar eteklerini tuta tuta, ayakkabılarının uçlarına basa basa, yüzlerini ekşite ekşite avluya girdiler. Cemile ne yapması gerektiğini kestiremiyordu. Karşıdan karşıya bir müddet bakıştıktan sonra, iki kadından şişmanı:

"İnsan görmedin mi kızım? Ne bakıyorsun öyle yaban yaban... Gelsene!"

Cemile koştu.

"Buyurun efendim..."

"Ne olmuş bu mahalleye böyle? Evler, sokaklar bomboş. Hiç kimseler yok."

"Birisini mi aradınız efendim?"

"Elbette birisini aradık. Bu pis sokaklara hevesli değiliz ya!"

"Kimi aradınız?"

"Cemile diye bir işçi kız varmış buralarda."

Kulak memelerine kadar kızaran Cemile her şeyi anlamıştı.

"Benim efendim!" dedi.

Başını eğdi. Sonra sevinçle parlayan gözlerini kadınlara kaldırdı:

"Buyurun, buyurun efendim!"

Odaya koştu. Merdiveni bir solukta çıktı. Çivisinden düşmüş entarisini yerden aldı, astı, perdeleri düzeltti. Gene bir solukta merdiveni inip dışarı çıktı.

"Buyurun efendim, babamlar şimdi gelirler, buyurun!"

Kadınlar etrafa küçümseyerek bakınıyorlardı. Bu bakışlar Cemile'yi şaşırtmıştı. İzzet Usta'nın odasına koştu. "İzzet Ağabey!" dedi.

Göğsü heyecanla inip inip kalkıyordu.

"Efendim?"

"Bak, kimler geldi!"
"Kim?"
"Onlar işte..."
"Onlar kim evladım?"
"Büyükannesi, onun... N'olur biraz geliver."
Her şeyi kavrayan İzzet Usta güldü.
"Ne o? Ne var? N'oluyorsun Bu heyecan ne? Buyur etsene gidip!"
"Sen de geleceksin değil mi İzzet Ağabey?"
"Geleceğim, geleceğim... Buyur et, hadi."
Cemile neredeyse bayılacaktı. Kadınların yanına doğru yürüdü, durdu.
"Buyurun efendim!"
Kadınlar hâlâ sadece bakıyorlardı. Necati'nin babaannesi olan şişmanı, yanındaki uzun, zayıf komşusuna usullacık sordu: "Nasıl?"
Beriki dudak büktü.
"Fena değil ama..."
"Çok fakir insanlar değil mi?"
"Çok..."
"Şu avluya bakın, şu odalara. Kir pas içinde. Böyle yerlerde büyüyen bir kız..."
"Ya bu koku? Burnum düşecek ayol!"
"Deli oğlan. Beni yerlere geçirmek için elinden geleni yapıyor!"
İzzet Usta çamurlu üst başını değiştirmişti, dışarı çıktı. Kadınların yanına gitti.
"Buyurun efendim," dedi. "Niçin buyurmuyorsunuz?" İki kadın gene eteklerini tuta tuta, ayakkabılarının uçlarına basa basa, yüzlerini ekşite ekşite avluyu geçtiler. Cemilelerin oda kapısı önünde durdular. İçeriyi adeta koklayarak gözden geçirdiler.
Cemile merdiven başında bekliyordu. Yanakları al aldı. Gözlerini indirmişti. Birdenbire eğri parmaklarına gözü ilişti, telaş-

landı. Onları göstermemek için kollarını yanlara sarkıttı, gözlerini kaldırdı. İhtiyar kadının ela gözleriyle karşılaşınca sıkıntısı arttı, şaşırdı, gülümsedi.

"Yukarı buyurun efendim!"

İhtiyar kadın, "Senin kimsen yok mu?" diye sordu.

"Var efendim."

İzzet Usta, "Babası var, ağabeyi var," dedi.

"Siz nesi oluyorsunuz?"

"Ben mi? Komşusu."

"Sadece komşusu mu?"

"Evet."

"Akraba filan değilsiniz yani?"

"Hayır."

"O hâlde bizi yalnız bırakın da kendi aramızda konuşalım."

İzzet Usta çekilirken, Cemile yerlere geçti.

İhtiyar kadın:

"Senin büyüklerinde hiç mi düşünce yok? Kız çocuk evde yalnız bırakılır mı?"

Cemile cevap vermedi.

"Büyüklerin seni her zaman böyle yalnız mı bırakırlar?"

"Hayır efendim, bırakmazlar."

"Bırakmazlar da nerdeler ya?"

"Fabrikadalar efendim."

"Baban da mı çalışıyor?

"Hayır efendim, çalışmıyor. İhtiyar o."

"Hiçbir iş yapmaz mı?"

"Yapmaz efendim."

"Tuhaf şey. Sen çalışırsın, baban yer öyle mi?"

"Ağabeyim de çalışır efendim."

"Baban da..."

"Babam da yemeğimizi pişirir."

"Annen yok mu?"

"Yok efendim."

"Ne oldu?"

"Ölmüş. Memleketten geldikten sonra ölmüş. Ben altı yaşımdaymışım..."

"Koskoca kızmışsın. Öldüğünü bilmiyor musun?"

"Bilmiyorum efendim."

Necati'nin babaannesi yanındaki komşusuna döndü:

"Beş yaşındaydım, kâfir Moskof'un bizim memlekete girdiğinde," dedi. "Bugün gibi hatırlarım, dedemi, dayılarımı alıp götürdüler. Biz de ablamla, nur içinde yatsın, korktuk, el ele tutuştuk, kaçtıktı. Bugün gibi hatırlarım. Hatta o kadar ki, yolda uzun, sarı bıyıklı bir kâfir yolumuzu kesti, bizi sevdi, para verdi." Cemile'ye döndü. "Ya, böyle işte. Sense altı yaşındaymışsın..."

Cemile, "Öldüğünü bizden gizlediler. Hastaydı. Karagöl'e gönderdi babam. Biz orada sanıyorduk, meğer ölmüş. Çok sonra haberimiz oldu."

Cemile'nin gözleri dolmuştu. Başını çevirip koluyla sildi.

"Hastalığı neymiş?"

"Ciğerlerinden hastaydı efendim."

"Allah sen gösterme Yarabbi... Verem yani?"

"?.."

İki kadın bakıştılar. Sonra odayı, odanın duvarlarını, döşemeleri filan gözden geçirdiler.

Cemile tekrar, "İçeri buyursanıza efendim!" dedi.

Kadınlar istemeye istemeye girdiler. İğrenip küçümseyen tavırlarla merdiveni çıktılar. İhtiyar Malik'in geceleri Sadri'yle birlikte yattığı, gündüzleri minder vazifesini gören döşeğe oturdular.

Cemile el öptü. Aklına kahve pişirmek gelince, aşağı indi. Öyle heyecanlıydı ki, aşağı niçin indiğini unutuverdi. Dudağını yiyerek düşünmeye başladı. Aşağı, bir şey için inmişti. Fakat şu parmakları... Acaba görmüşler miydi? Ya gördüler de beğenmedilerse?

Aşağıya kahve pişirmek için indiğini hatırlayınca geç kalmış bir huzursuzlukla davrandı. Cezveyi çivisinden aldı. Acaba parmaklarını görmüşler miydi? Herhalde görmemişlerdi. Görseler, o parmakların niçin eğri eğri öyle kızım, diye sorarlardı. Amma da tuhaf kadındı. Zavallı İzzet Usta... Oysa, İzzet Usta ne iyi insandı!

Tekrar aklına kahve geldi. Geldi ama, kahve nasıl pişerdi? Kafasını bir türlü toparlayamıyordu. Cezveye su koydu. Kibriti bulamadı bu sefer de. Hay aksi şeytan... Yalnız kibrit değil, şekerle kahve kavanozu da yukarıdaydı, çalar saatin bulunduğu rafta. Yukarı fırladı.

Kadınlar Cemile'yi göz hapsine alıverdiler. Kız rafa uzanınca, yukarı kalkan eteği altındaki bacaklarına baktılar, biraz ince buldular. Topukları da beğenmediler. Ya ayak parmakları?

Tertemiz, ama biraz kaba ve büyük ayaklar önlerinden geçip merdivende kayboluncaya kadar baktılar.

Merhum yüzbaşının hanımı, "Yüzü fena değil," dedi.

Öteki, "Yeterli mi? Yüz güzelliği yeterli mi?" diye sordu.

"Değil ama... Gençlik, cahillik işte..."

"Aaah ah! Yüreğimden kanlar gidiyor kanlar... Öyle bir babanın evladı..."

"Doğru. Benimki de bir başka türlüsü değil mi?"

"Ama seninki gidip de bir işçi kızına gönül indirmedi."

"Evet, evet ama... Kısmet, alın yazısı..."

Cemile kahveleri tam verirken, babası, ağabeyi, ihtiyar Muy, Kâtip Necati avlu kapısından giriyorlardı. Fabrikanın demir kapısından oğlunu isteyen ihtiyar Malik'in karşısına Kâtip Necati çıkmış, fırsatı kaçırmayarak, gitmiş Sadri'yi bulup getirmişti. İhtiyar Malik bu Necati'nin kim, ne, neci olduğunun farkında değildi. Fabrikadan beri konuşa konuşa geldikleri hâlde, hâlâ Necati'nin farkında değildi. Avlu kapısından girince birdenbire farkına vararak durdu. Hayretle baktı. Bu da kimdi? Kendileriyle niçin gelmişti? Hâlâ niçin ayrılıp gitmiyordu?

İhtiyar arkadaşı Muy'la bakıştılar. Evet... Kimdi bu?

Ne istiyordu?

Tam bu sırada Cemile koşarak geldi. Sevinç içindeydi.

"Geldiler!" dedi.

İhtiyar adam şaştı.

"Kim geldi?"

"Onlar işte!"

Necati:

"Babaannemler mi?"

"Evet!

Necati odaya koştu. Arkasından öfkeyle bakan ihtiyar Malik, "Kim bu oğlan?" diye sordu.

Babasının kıllı, kocaman elini yakalayan Cemile öptü.

Sadri, "Damadın!" dedi.

Cemile babasına az daha sokuldu ve babasının koluna sıkıca sarıldı. Ama bu kol artık o eski kol değildi, İzzet Usta'yı bir itişte deviren İhtiyar Malik'te bir gevşeme, bir çözülme oldu. Sanki kolu kanadı kırılmıştı.

İhtiyar Muy'un, "Oh, oh, oh... Allah mesut bahtiyar etsin! Ne mutlu sana!" dediğini duymadı. Dimdik, kaskatıydı. Kımıldamıyordu. Kolunu sanki tamamen Cemile'ye terk etmişti. Bakıyor, bomboş gözlerle bakıyor, odaya, odadakilere sadece bakıyordu.

"Haydi gidelim baba!"

Duymadı. Yüreği yanıyordu. Demek... Demek bu gelenler... Demek Cemkasını, sevgili Cemkasını alıp götüreceklerdi?

Birdenbire bir depreşme oldu içinde, bir kabarma. Sonra boşandı. Cemile de babasına sarılmış, hıçkırıyordu.

Baba kız bir zaman ağlaştılar.

Sadri:

"Ayıp, vallahi çok ayıp!"

Tecrübeli Muy, "Bırak," diye Sadri'yi çekti, "elleme!"

Sonra her şey eski hâlini aldı. İhtiyar Malik gözlerini ceketinin yamalı koluyla sildi. Elini Sadri'ye uzattı. Sadri babasını odaya taraf çekti. İçerdekileri görüveren ihtiyar Malik, koskoca adam, utandı, birdenbire bir çocuk hâlini alıverdi. İçeri girmekten çekiniyordu.

Sadri:

"Ayıp baba. Çok ayıp ediyorsun. Gir, gir yahu!"

"?.."

"Çocuk gibisin... Gir hadi be!"

Muy:

"Gir, gir Malik!"

Malik döndü, Muy'a baktı. "Sen de gel!"

Hep birlikte girdiler. İhtiyar Malik titriyordu. Merdiveni ürkek ürkek çıktı. Titreyen sesi bozuk Türkçesiyle mırıldandı:

"Hoj geldiniz!"

Kadınların tuhaf bakışlarından rahatsız olarak suçlu, masum, dizüstü oturdu, avuçlarını iki bacağı üstüne koydu. Sadri'yle Muy da, biri bir yanına, öteki öbür yanına, tıpkı onun gibi oturdular.

***

Musa'nın karısıyla Güllü avluya girdikleri sıra Cemile oda kapısının yanına sinmiş, babasıyla ötekilerin ne konuştuklarını işitmeye çalışıyordu. Onları görünce koştu.

Güllü heyecanlı heyecanlı anlatıyordu:

"...Tabancayı ağzına dayamış Kadir Ağa'nın. Vuracakmış da elinden zor almışlar!"

Cemile sordu:

"Kim kız?"

"Numan Bey."

"Demek ağzına dayamış tabancayı? Ne zaman?"

"Haberin yok mu?

"Yoook..."

"Ohooo... Neler oldu da neler. Numan Bey tomafiliyle bir geldi. Kadir Ağa da sıçan deliği aradı saklanacak. Görenler anlatıyor, herif tabancasını çekmiş odaya girmiş. Kadir'in tebdili şaşmış. Kırmızı kasasının yanına kısılmış. Numan Bey demiş ki:

'Bütün bunlar senin başının altından çıktı namussuz. Geberteyim mi seni?'"

"Sonra?"

"Sonra, elinden zorla almışlar. Yoksa vuracakmış. Çok yalvarmış. Numan Bey'in eline ayağına düşmüş. Şimdi fabrikanın önünü görme. Numan Bey dokuma ustasını, Camgöz'ü mamgözü tuttu tuttu attı."

"Sahi mi? Demek hepsini attı?"

"Hepsini."

"İtalyan'a bir şey yapabildiler mi?

"Yapamadılar. Polisler sardı fabrikayı. Lakin herif kurt. O kadar insan odasına yüklendiği hâlde kapıyı kıramadılar. Kâfir, öyle sağlam yaptırmış ki odasının kapısını."

Yalnız kaldıkları bir ara Cemile sevinçle haberi verdi: "Geldiler ha Güllü!"

Güllü hâlâ fabrikanın uğultusu içindeydi, duymadı bile. Cemile tekrarlayınca dikkat etti.

"Geldiler mi? Kim?"

"Babaannesi!"

"Sahi mi? Ne zaman?"

"Demin."

"İçerdeler mi?"

"İçerdeler."

"Sahi mi kız? Gidip bakayım hele..."

Çıplak ayaklarında takunya, kapıyı itip girdi.

"Hoş geldiniz!"

Şişman hanım sigara içiyordu. Güllü'ye şöyle bir baktı, aldırış etmedi. Güllü'nün tepesi attı. Ne büyüklüktü bu? Selam bir tanrı selamı. Ne diye almamışlardı sanki?

Takunyalarını merdivenin alt başında bırakıp yukarı çıktı.

Kadınlar konuşmayı kesmiş, Güllü'ye bakıyorlardı. Ne bakıyorlardı yani? Adam görmemişler miydi?

"Konuşmanızı niye kestiniz?"

Şişman hanımın da tepesi attı:
"Siz kimsiniz ki konuşmamıza karışıyorsunuz?"
İhtiyar Malik Boşnakça, "Ters bir laf etme," dedi.
Güllü de alınmıştı. Şişman hanımı cevapladı:
"Allah'ın kulu!"
"Anladık Allah'ın kulu olduğunu. Kızın akrabası makrabası mısın?"
"Eh işte, öyle sayılırım."
"Akrabası değilsen..."
"Ee... Dışarı mı çıkayım?"
"Ayol sen ne biçim kadınsın?"
Güllü kalktı. Merdiveni inmeden önce, "Sizler gibi kadın. Elli, kollu, ayaklı bir insan!" dedi. Takunyalarını ayağına geçirip çıktı.
Avlu halkı Cemile'nin etrafını almıştı. Güllü yanlarına yaklaşınca konuşmayı kestiler.
Güllü, "O şişman karı kaynanan mı kız?" diye sordu.
Cemile başını salladıysa da hemen düzeltti:
"Kaynanam değil, kaynanamın kaynanası."
"Çok çalımlı kadın, çekeceğin var!"
"Niye?"
Bir çırpıda anlattı.
Cemile:
"Bana ne ondan!"
Bir ihtiyar kadın:
"Hiç. Ona oğlan lazım."
Konuşma birden genel bir hâl alıverdi.
"Lazım ki lazım."
"Öyle mi kız, Cemile, bizi düğüne çağıracak mısın?"
"Çağırmaz olur mu?"
"Cemile iyi kızdır, çağırır."
"..."
"..."

Karakız bir kenarda, konuşulanlara kulak vermiş, sinirli sinirli sakız çiğniyordu. Cemile'ye hınçla baktı. Kafasında üç tane onluk... Neye yarardı. Camgöz Sadık'la ötekileri işten atmışlardı. Kim bilir belki de canının derdine düşer, Deveci Çopur Halil'in işine boş verirdi.

Sıkıntıyla kapıya gitti. İçeriyi gözetleyen kadınların arasına karıştı.

İçerdekiler konuşacaklarını konuşmuş, çıkıyorlardı. Karakız hanımefendilere hırsla baktı. Şişmanı Cemile'nin yanında durmuştu. Cemile şişman hanımın elini aldı, öptü. Sonra ötekinin.

Şişman, "Artık benim kızım oldun. Bundan sonra fabrika mabrika yok!" dedi.

Cemile kıpkırmızı kesildi.

İki kadın geldikleri gibi, eteklerini tuta tuta, iskarpinlerinin uçlarına basa basa avlu kapısına yürüdüler. Necati de peşlerinden gitti. Cemile onları sokağın alt başına kadar yolcu edip döndükten sonra kapıda durdu. Etrafi hemen alındı gene.

Güllü, "Fabrika mabrika yok," dedi. "Sonra? Ne yapacaksın kız?"

Bir başka işçi kadın, "Ne yapacak, hiç. Madem çalışmasını istemiyorlar, aylık verirler, çalışmaz. Öyle değil mi Cemile?"

Cemile ne diyeceğini bilemiyordu. Kapının aralığından içeriye usullacık göz attı. Babası pencerenin önünde bağdaş kurmuş dışarıya bakıyordu. İhtiyar Muy'sa herhalde onu teselli etmekteydi.

Birden Sadri, dışarı çıktı. Kapı önünde sinirli sinirli dikildi. Gözü Karakız'a ilişince siniri arttı.

Kız kardeşine, "Babamın yanına git!" dedi.

Cemile yavaşça içeri girdi, merdivenleri kedi sessizliğiyle çıktı, babasının dizi dibine oturdu.

İhtiyar Muy gülümseyerek bakıyordu.

Kolunu babasının omuzuna koydu önce, sonra başını göğsüne dayadı. Bütün bunlardan habersiz davranan ihtiyar Malik, dışarıları seyre devam etti.

Dışarıda ortalık yavaş yavaş kararıyor, çamurlu sokaklar yıkık duvarlarla çevrili kerpiç evler ve karanlık yüzü bir deniz gibi kırışan kocaman göl, boylu boyunca yatıyordu.

Ortalık iyice kararıncaya kadar uzun uzun oturdular. İhtiyar Malik dargın gibiydi. Birdenbire ihtiyarlamıştı sanki. Cemilesine söz kesmişlerdi. Bu evden çıkıp gidecek, başkalarının olacaktı.

Islak kirpiklerini göstermemek için kalkmadan önce, kızını hafifçe itti:

"Lambayı yak!"

Cemile yavaşça kalktı.

24

Numan Şerif Bey'in kırmızı hususisini pencereden gören Kadir Ağa, lacivert beresiyle koştu, beyi kapıda karşıladı. Ağzına tabanca dayandığı günden sonra öylesine köpekleşmiş, öylesine yumuşamıştı ki!

Kalın, kırçıl kaşlarıyla Numan Şerif Bey'se, ortağına bakmadan odaya girdi. Fötr şapkasını, bastonunu filan askıya astı. Fabrika içlerini kontrole giderken giydiği beyaz gömleği askıdan aldı. Giyecekti. Kadir Ağa almak istedi. Numan Bey vermedi. İkiyüzlü ortağından iğreniyordu.

"İstemez istemez..." dedi.

Kadir Ağa dayattı:

"Ver Loman Bey, tutim. Cenab-ı Allah bile kulunun ayıbını yüzüne vurmazmış!"

Numan Bey cevap vermedi. Gömleğini kendi kendine giydi. Sonra geçti ceviz masaya oturdu. Masanın üzerinde duran imalat raporlarını tetkik etti. İplik, bez imalatı iyice düşmüştü. Ortağına nefretle baktı.

Tükürür gibi, "Bir haftadır imalat düşebileceği kadar düştü sayende," dedi.

Kadir Ağa iri taneli siyah tespihini çıkarmış, gözlerini suçlu suçlu indirmişti. Oturduğu koltukta sinerek ortağına bakıyor, göz göze gelmemek içinse hemen yere indiriyordu bakışlarını.

Numan Bey bir ara gene tok tok konuştu:

"Daha da kim bilir ne kadar düşecek. Neyse, verilmiş sadakan varmış. Yoksa..."

Kadir Ağa'nın gözleri yerden kalktı, ortağının iri siyah gözleriyle karşılaştı:

"... Cartayı çekmiştin çoktan!"

Zile bastı. İçeri giren odacıya, "Bana genel müdürü çağır, dedi.

Az sonra uzun boyu, geniş omuzlarıyla Genel Müdür Salamon içeri girdi. Beyefendiyi yere kadar eğilerek selamladı.

Numan Bey sertçe sordu:

"İlanları gazetelere gönderdin mi?"

Salamon hemen cevap veremedi. Tereddütle bakıyordu.

"Ne bakıyorsun?"

"Hiç efendimiz."

"Niçin cevap vermiyorsun?"

Salamon yutkunarak sokuldu:

"Şeyy..."

Gözleri Kadir Ağa'ya gitti. Ondan imdat bekliyordu sanki. O ise başını eğdikçe eğmiş, tespih çekiyor, bakamıyordu bile...

"Cevap versene be!"

"Efendimiz, İstanbul veya İzmir'den işçi getirtmek kolay. Fakat bunun doğuracağı neticeleri tahmin etmiyor musunuz?"

"Ne gibi?"

"Türkiye'nin en uyanık işçi bölgelerinden getirilecek işçiler... Onlar bizim yerli işçilerin katlandıkları hayat şartlarına tahammül ederler mi?"

"Nasıl?"

"Her şeyden önce ücret meselesi. Yerli işçilerin aldığı parayla çalışmazlar. Yüksek ücret isterler."

"Evet?"

"Medeni ihtiyaçlar arttıkça malum ya..."

"Elbette."

"İzmir yahut İstanbul'dan gelecek işçiler hemen hemen bizim muhasebe servisindekilerle eşittirler. Gözleri açıktır. Amirlerinin azarına, dayağına filan kolay kolay boyun eğmezler. Asıl fenası, İzmir yahut İstanbul'dan gelecekler gelirken dansları, müzikleri, banyoları, haftalık temiz elbiseleriyle filan gelecekler. Bizim sakin, durgun, kendi hâlinde, fazlasını istemeyi bilmeyen yerli işçilerimize tesir yapacak, gözlerini açacaklar. Örnek olacaklar bizimkilere. Çok geçmeden bildiğiniz gibi, bir işçi bunalımıyla karşı karşıya geleceğiz."

"Sonu?"

"Tahmin edersiniz..."

Numan Şerif Bey, Salamon'u haklı bulmuştu. "Hınzır Yahudi"nin sözleri doğruydu. Bunu kendisi de düşünmemiş değildi, ama bir sefer ok yaydan çıkmış, emir vermişti. Sadece emir vermiş olması da değildi mesele, büyük bir kısım işçiyi de işten atmıştı.

"Ne olursa olsun. Sen benim emrimi yerine getir hemen. İşçi getirtme hususundaki ilanları hemen şimdi tape ettir ve yolla. Marş!"

Salamon, hâlâ tereddüt içindeydi. Kadir Ağa'ya baktı. Hayır yoktu. Başını önüne eğmiş, tespihini çekmekteydi. Bir ara başını kaldırdı. Salamon'la göz göze geldi. Şaşaladı. Sonra "Allah," diye içini çekti.

Numan Bey tekrar boşandı:

"Ne dikiliyorsun hâlâ?"

Salamon kekeledi:

"Şey... Birkaç gün beklesek..."

"Sebep? Niçin bekleyecekmişiz?"

"Öfkeyle kalkan zararla oturur da..."

"Derhal odana geç ve sana verdiğim emri harfiyen yerine getir, haydi!"

Artık ne söylenecek söz, ne de geçirilecek vakit kalmıştı. Salamon yıkılırcasına odadan çıktı. Kendi odasına geldi. Çökmüş avurtlarıyla bir kenarda dikilen dokuma ustasına bakmadı bile. Masasına geçip oturdu.

Dokuma ustası çekinerek yaklaştı, hiçbir şey sormadı.

Salamon, "Ne yapsak boş," dedi.

Dokuma ustası endişe içindeydi.

"Boş ha?"

"Üstelik hâlâ müthiş de sinirli."

"Demek yanına girmeyeyim?"

"Sakın ha!"

"Bense... Eline ayağına kapanırım, diyordum."

"Sakın, sakın, sakın..."

"Kadir Ağa ne diyor?"

"Ne diyebilir? Süt dökmüş kedi gibi oturuyor."

"Peki, sonu ne olacak bunun?"

"İzmir'den, İstanbul'dan işçi getirteceğiz!"

Dokuma ustası beyninden vurulmuşa döndü.

"İzmir'den, İstanbul'dan gelecek işçi, yerli işçinin düşük ücretine çalışır mı? Yatacak iyi yer ister, iyi yemek ister..."

"Söyledim, hepsini söyledim."

Uzun uzun bakıştılar. Dokuma ustası büyük bir ümitsizlik içindeydi. Mırıldanmaya başladı:

"Ah Kadir Ağa ah! Bize öyle bir halt ettirdi ki, arapsabunu temizlemez. Neme lazımdı benim yazının kabuklusuyla tepişmek. İyi kötü yuvarlanıp gidiyorduk."

Kurnaz Salamon göz kırptı:

"Kadir Ağa seni kollamıyor mu?"

"Beni kollamakla iş biter mi? İşçiler canavar gibi. Herifler bana kandı. Bana deyince, ben de Kadir Ağa'ya kandım ama, gel de işçiye anlat. Bütün gün kahve köşelerinde homurdanıp duruyorlar. Benim için hava hoş. Basar Tarsus'a, Kayseri'ye giderim. Nazilli'ye giderim."

"Niçin gitmiyorsun?"

"İşçiler ne olacak?"

Salamon omuz silkti:

"Ne olursa olsun. Babanın oğlu değiller ya!"

Dokuma ustası cevap verecek, bir şeyler söyleyecekti ki, Numan Bey'in kalın öksürüğü duyuldu. Salamon'un odasına geliyordu herhalde. Madem sinirliydi, gözüne görünmemesi lazımdı. Tam zamanında, muhasebeye açılan kapıdan dışarı çıktı. Fabrikanın karşısındaki işçi çayhanesine geldi.

Başta yeğeni Camgöz Sadık'la öteki işçiler, hemen etrafını aldılar.

Camgöz Sadık merakla sordu:

"Ne oldu dayı?"

"Şimdilik bir şey yok!"

"Peki. Ne olacak?"

"Bilmem."

Homurtular oldu. Homurdananların gözlerine endişeyle baktı, ürktü. Bir zamanki uysal, itirazsız bakışlar değildi. Kinle parlıyorlardı.

"Benim ne suçum var?" dedi. "Ben elimden geleni yaptım."

Homurtu tekrarlandı.

Camgöz Sadık:

"Tatsız."

"Sen de mi Sadık?"

"Ne yapayım dayı? Elde yok, avuçta yok..."

"Durun bakalım, gün doğmadan neler doğar..."

Kalın kemikli, sert bakışlı bir işçi, "Açlık, sefalet, ölüm doğacak!" dedi.

Bir başkası mırıldandı:

"Yapacağınızı yaptınız!"

Usta korkuyla döndü:

"Ben ne yaptım? Benim ne suçum var?"

"Doğru. Senin ne suçun var? Suç bizim, suç bizim gibi dangalakların ki sizin gibilerin ayartmasına kapıldık!"

Koyu, korku verici bir sessizlik oldu. Dokuma ustası titriyordu. "Bereket versin İstanbul'dan, İzmir'den gelecek işçilerden haberleri yok," diye geçirdi.

Belinin ortasından boşanan soğuk terle çayhaneden çıktı gitti.

25

Necati'yle İzzet Usta konuşarak çayhaneye girdiler. Bir kenara oturdular.

İzzet Usta, "İstanbul'dan gelecek işçiler haberini millet senden duymasın," dedi.

"Niçin?"

"Hem fabrikadaki, hem de işçiler arasındaki durumun sarsılabilir."

İşçiler kendilerine taraf gelmekteydiler. İzzet Usta lafı değiştirdi:

"Demek babaannen kızı almana taraftar değil?"

"Değil ama, onu dinleyen kim?"

"Dinlemeye mecbursun!"

"Belki ama..."

"Eee?"

"Aklıma ne geliyor biliyor musun? Babaanneme boş verip..."

"Evet?"

"Nikâh yapmak ve pılımı pırtımı toplayıp..."

"Kızın evine kapağı atmak ha?"

"O kadar. Aksi hâlde bu iş yürümeyecek."

"İhtiyar ne diyor?"

"Ne demiyor ki? Tereddüt içinde. Mahalle dedikodudan çalkalanıyormuş. Babama yazmalıymışım... Fabrikada çalışan bir kızı almaya hakkım yokmuş. Bir de asıl kızdığım, kız fabrikadan çıksın diyor. Ne düşüncesiz insan! Kız fabrikada keyfinden çalışmıyor ki. Artık çalışma dediğim andan itibaren..."

"Doğru. Hiç olmazsa ayda on lira vermen lazım!"

"Değil mi ya? Veremem. Yirmi dört doksan beş bana bile yetmiyor. Kaldı ki..."

Etraflarını almış sinirli işçilerden biri, "Usta," dedi, "İzzet Usta... Biraz da bizi dinle. Ne olacak şu hâlimiz kardaş? Bizi yek ekmeğe muhtaç ettiler. Bir akıl ver bize!"

İzzet Usta "dertli" işçiye döndü. Adamın gözleri yuvalarında kinle parlıyordu. Parlıyordu, acınacak hâldeydi ama, ne gelebilirdi elinden? Elinden pek bir şeyler gelmemekle beraber, kuru tesellinin de zamanı olmadığını biliyordu. Gerçi onları önlemeye çalışmış, yalana uymamalarını yalvarmıştı, ama bunu hatırlatmanın da sırası değildi. Uzun uzun süreceğini bildikleri işsizliğin verdiği sıkıntıyı açıklayan bakışları, çökük avurtları, uzamış sakalları, kara sarı yüzleri...

Tavındaydılar. Neler yaptırılamazdı onlara! Kilitleri mi kıramazlardı? Demir kapıları mı teneke gibi yırtamaz, omuzlarıyla apartmanları mı deviremezlerdi?

Bir başkası, "İçim alıp alıp veriyor," dedi. "Burnuma kan kokuyor. Öfkemi alamadım mı ağlıyorum. Koskoca herifim heye amma ağlıyorum gene de. Şu ellerime bak. Tüm yara. Eve gitmek canım istemiyor. Çocukların kara kara bakması... Geçen gün hırsımdan evin kerpiç duvarlarını yumrukladım!"

Kirpikleri yaş yaş parlıyordu.

"... İlle en küçük. Şu kadar. Bir de zayıf mı sana.. Bütün gün öhö öhö öhö. Boğmaca dedi, millet hastanesindeki doktor. Reçete verdiler, ilaç almaya param yok. Sabahlara kadar horoz gibi ötüyor!"

İzzet Usta'nın kafasında tren altında ezilen çocuğunun cesedinden ayrılmış sarı saçlı başı. O da böyle boğmaca olmuştu. Sabahlara kadar horoz gibi ötmüştü.

İçini çekti.

"...Eve gitmekten korkuyorum, karımın, çocuklarımın yüzüne bakmaktan korkuyorum usta. Başımı yastığa koyup da yorganı tepeme çekmiyor muyum? Allah Allaaaah... Sabaha kadar ölç, biç, ölç biç..."

Öfkeyle İzzet Usta'ya baktı:

"Çek vur kendini, lakin..."

İzzet Usta kızdı:

"Ne biçim söz bu be? İşsiz kaldınız mı hemen ölmek, öldürmek... Marifet ölmek, öldürmekte değil, bu kötü şartlarla mücadele etmekte!"

"Nasıl?"

"Nasılı var mı? Başka yerlerde, bir başka iş mesela!"

"Dokuma ustası bekleyin diyor. Bir ümit. Camgöz yok mu Camgöz? Bekleyin diyor. Kadir Ağa güya demiş ki, Numan Bey'i yatıştırırım ben. Beklesinler, tekrardan işe aldırtacağım demiş. Kim bilir?"

Necati şöyle bir baktı. Derine gömülmüş gözleriyle işçi, baştan ayağa sinir kesilmişti. Kadir Ağa'dan filan hiçbir umut olamayacağını söyleyip son ümidini de söndürmek istemedi. Kalktı.

İzzet Usta, "Gidiyor musun?" diye sordu.

"Gidiyorum. Eyvallah."

Çayhaneden çıktı. Camgöz Sadık iskemlesini çayhanenin beton kaldırımına atmış, kara kara düşünüyordu. Necati'ye gözü takıldı. Aklına Cemile geldi. Sahi, şu mesele ne olmuştu? Deveci Çopur Halil neredeydi? Niçin görünmüyordu?

İskemlesinde doğruldu.

Deveci Çopur Halil'i bulsa, borç istese... Hiç de fena fikir değildi. Şu sıra tam da işine yarardı hani. Borcunu ödemeye gelince...

Birden Karakız, "Merhaba dayı oğlu!" dedi.

"Merhaba bacı. Hayrola?"

"Seni Halil Ağam çağırıyor."

Camgöz Sadık'ın içinden ferahlık, bir rüzgâr gibi geçti. Gene de, "Ne yapacak?" dedi.

"Bilmem. Acele istiyor."

"Kız dalgası mı?"

"Bilmiyorum."

"Ben kendi canımın derdine düşmüşüm. O hâlâ..."

"Gelmiyor musun?"

Kendini naza çekmekte fayda vardı.

"Gelmiyorum."

Karakız, işçi mahallelerine uzanan caddenin köşesindeki kebapçı dükkânında Camgöz Sadık'ı sabırsızlıkla bekleyen Deveci Çopur Halil'e durumu haber verince, Deveci Çopur Halil, "Demek gelmiyor?" dedi. "Niye?"

"Bilmem."

"Bir sebebi olmalı."

"Sebebi... İşsiz, sıkıntılı. Ben kendi canımın derdine düşmüşüm diyor!"

Deveci Çopur Halil işi anladı. Herhalde parasızdı. O da zaten bunu haber almış, koşmuş gelmişti.

"Sen otur. Ben alır gelirim," dedi, hızla uzaklaştı.

Karakız yalnız kalınca örtüsünü çıkarıp yanındaki iskemleye attı. Bugün işinden alıkoyduğuna göre, Deveci Çopur Halil yevmiyesini verecek miydi acaba? Hiçbir çıkarı olmadan el âlemin keyfi için ne diye işinden olacaktı? Sonra, neye varacaktı bu işin sonu? Kız istemiyor, oğlan istiyor. Söz kesilmiş. Deveci Çopur Halil hâlâ ne umuyordu?

Deveci Çopur Halil'le Camgöz Sadık gelince toparlandı.

Deveci Çopur Halil:

"Sen getiremedin amma, bak. Ben nasıl getirdim?"

Karakız Camgöz Sadık'a küskün küskün baktı. "Aşkolsun dayı oğlu. Demek senin yanında hiç hatırım yokmuş!"

Hep o sıkıntılı hâliyle Camgöz Sadık, "Bir şey değil, arada biz kötü olduk," dedi. "Bu dünyada dayı mayı fosmuş meğer. Tuttu beni öne düşürdü. İşçiyi kışkırttı. Şimdi de... Meteliksiz gezilir mi? Milyoner miyim ben?"

Deveci Çopur Halil ilgiyle sordu:

"Madem seni kışkırttı, şimdi de zarına bakması lazım. Para vermiyor mu?"

Kebaplar, şarap söylendi.

Camgöz Sadık, "Vermiyor," dedi. "Sabredin, diyor. Sonu iyi olacakmış. Ne iyi olduğu var, ne de olacağı. Halbuki, İtalyanlar korkak olur, dövdünüz mü kaçar, iş eskisi gibi bize kalır. Kadir Ağa, o zaman dilesinler benden ne dilerlerse diyor, dediydi. İşler kötüye varınca o da boş verdi. Ne yapacaksın kardaş, harcandığımızı anladık!"

Sıcak kebaplarla kocaman bir şişe şarap geldi. Camgöz Sadık'ın şarap filan gördüğü yoktu. Günlerden beri midesine sıcak bir şey girmemişti. İri bir kebap parçasını kuvvetli dişleri arasında çiğnerken, "Arkadaşların arasında öyleleri var ki," dedi, "yek ekmeğe muhtaç. Herifler kahve parası bulamıyor!"

"Haydi şerefe!"

İçtiler. Camgöz Sadık devam etti:

"Ağlıyorlar be, anam avradım olsun ağlıyorlar!"

Karakız:

"Ayıp ayıp. Erkek ağlar mı?"

Camgöz Sadık kızdı.

"Erkeklik, yiğitlik mangırla olur kızım. Yok işte, yok! En biri ben. Şu kebapçı bile tavrını değiştirdi. Eskiden nasıldı? Sokakta görse hâlimi hatırımı sormadan edemezdi. Şimdi?"

Deveci Çopur Halil, Cemile meselesini açmak için fırsat kolluyor, ama Camgöz Sadık'ın dertli hâlinden ürküyordu. Bir ara, "Yeter," dedi, "yeter be Camgöz. Şuraya oturduk ki karşılıklı iki satır çene çalak, gülek diye..."

"İçimden gelmiyor emmoğlu, içimden gelmiyor!"

"Haklısın, işsizlik kötü şey, malum.. Malum ya..."

"Eee?"

"Fabrikadaki işin anlaşıldıktan sonra bir çaresini düşünürüz."

"Nasıl?"

"Nasılına karışma."

Camgöz Sadık'ta pırıl pırıl bir ümit.

"Fabrikadan hiç umudum yok. Fabrika kapısı bizim için temelli kapandı!"

"Kapandıysa, ben de arkadaşlığımı yaparım."

"Ne gibi?

"Ne gibi olacak? Ortaklama bir dükkân kiralarız. Sermaye benden, emek senden!"

Camgöz Sadık heyecanla sordu:

"Kahvecilik yapar mıyız?"

"Niye yapmayalım?"

"Öyleyse..."

"Var mı boş kahve?"

"Bak hele bak."

"Nerede?"

"Bizim Silo'nun kahvesi var. Boş. Kiraya verir bize."

"Bu mahallede mi?"

Camgöz Sadık eğildi, işçi mahallelerine giden anacaddenin solundaki mavi boyalı dükkânı pencereden gösterdi.

"Epeyce büyük."

"Günde birkaç yüz marka yaparız."

"İyi ya. Birazdan gidip bakalım."

"Birazdan mı? Sahi mi? Hemen tutar mıyız?"

"İşimize gelirse tutarız."

Camgöz Sadık birdenbire sarhoş olmuştu. Artık ne dayısı, ne de işlerinden atılmalarına sebep oldukları işsiz, gözü yaşlı işçiler... Bardağına şarap doldurdu, bir nefeste dikti.

"Senin yolunda ölmeyenin anasını da, avradını da, sinsile sülalesini de..."

Deveci Çopur Halil memnun:

"Yok canım, o kadar değil."

"Kim? Senin yolunda ölmeyenin..."

"Peki peki, ölmeye lüzum yok. Şu meseleyi düzenliyek yeter."

Karakız'a baktı, göz kırptı. Karakız hırsından mosmordu. "Şu mesele"den ona neydi? Camgöz Sadık kahve sahibi olacak, kendisi?

Camgöz Sadık'ın sarhoşluğu gittikçe artıyordu.

"Geçen sefer bacımızın yüzünden fosa çarptık, kızı kaçıramadıydık amma, bu sefer... Deli misin? Anam avradım olsun, babasının dizinin dibinden çekip sürütürüm bu sefer. Değil mi bacı?"

Karakız cevap vermedi. Camgöz Sadık öyle keyifliydi ki, ne Karakız'ın sıkıntısı, ne de cevap vermeyişi... Dikkat bile etmedi.

"Allööös... Kayfemiz olunca, tamam! Günde en azdan üç yüz marka yapsak, üçer kuruştan, eder dokuz kâğıt. Yarısını masrafa çık, kalır dört buçuk lira. Dört buçuğun da yarısı senin yarısı benim... Ha?"

Deveci Çopur Halil, "Ben istemem," dedi. "Sen bana borcunu öder. Borcunu ödedikten sonra..."

Camgöz Sadık'ın heyecanı arttı.

"Ödedikten sonra?"

"Kayfe senin olur?"

Camgöz Sadık masadan fırladı. Tezgâhı başındaki kebapçıya bağırdı:

"Yiğenim!"

Kebapçı isteksizce cevapladı:

"Emret!"

"Derhal çiftetelli plağını koy gramofona!"

Gramofona çiftetelli plağı kondu. Camgöz Sadık parmaklarını usta bir kadın çengi gibi şıkırdata, göbek çalkalaya çiftetelliye başladı. Gözleri dönmüştü. Ar, haya, utanma filan silinmiş, dönüyor, boyuna dönüyordu. Boru muydu? Kahve sahibi olacaktı. Dayısının olanca himayesine karşılık dokuma tezgâhlarında eline geçenin en azından birkaç misli para kazanacaktı.

Dünyayı yakabilirdi!

Arada masaya yaklaşıp Deveci Çopur Halil'in doldurduğu şarap bardağını alıyor, oradakilerin şerefine kaldırıp dikiyor, sonra daha içten, daha canlı, oyuna devam ediyordu.

Karakız'sa somurttukça somurtmuştu. Ona neydi? Bütün bunlardan ona neydi? Nesine lazımdı? Kızın ikinci sefer kaçırılması için istenecek yardımı ne diye yapacaktı? Camgöz Sadık'ın çıkarı vardı. Ya onun? Ne çıkarı vardı? Zorla kız kaçırmanın sonunu biliyordu. Hapislik vardı ucunda, Camgöz Sadık'a göre gene de hava hoş olabilirdi. Kahveyi kardeşine, yahut hatta karısına bırakıp üç beş ay yatabilirdi. Kendi? Kendisi ya? İhtiyar, kırış kırış annesinden başka kimi vardı. İçeriye düşerse kim bakardı. Deveci Çopur Halil mi? Camgöz Sadık mı? Hiçbiri. Fukara anası ölür, kendi de...

İşli işsiz, genç ihtiyar insanlar kebapevini bir anda doldurmuş, Camgöz Sadık'a elleriyle tempo tutuyorlardı.

Usullacık kalktı. Kalabalığın bir kenarından dışarı sıyrıldı. Ortalık günlük güneşlikti. Arkasından koşacak, geri çevireceklermiş gibi bir korku içindeydi. İstemiyordu, ne Camgöz Sadık ne Deveci Çopur Halil ne de şaraplarıyla kebapları. Başkalarına alet olmadıktan başka, durumu kıza da anlatacaktı. Yuva yıkanın yuvası yıkılırdı. Kızı madem istemişlerdi, o hâlde bir yuvaya sahip olacaktı. Madem olacaktı, yuvasını yıktırmamalıydı. Birden, İzzet Usta:

"Nereye bacı?"

Durdu. İçtiği şaraptan başı hafifçe dönüyor, sallanıyordu. "Cemilelere," dedi.

İzzet Usta ilgilendi.

"Ne yapacaksın?"

"Hiç..."

Yoksa gene herhangi bir rezalet, yahut bir pusu peşinde miydi? Ağzını aramak için, "Yakında Cemile'nin nişanı var," dedi.

Yoktu, henüz böyle bir şey yoktu. Necati'nin babaannesinin boyuna fikir değiştirdiğini biliyordu. Necati daha dün, babaannesiyle kavga ettiğini anlatmış, "Gerekirse yatağımı alır, kızın evine düşerim," demişti.

Karakız, "Ne zaman?" diye sordu.

"Bu yakında."

"İnşallah kardeş. İnşallah ama..."

Usta pirelendi:

"Ee?"

"Ellerini çabuk tutmazlarsa..."

"Ne olur?"

Her şeyi bir çırpıda anlattı. İzzet Usta sarsıldı. Demek Deveci Çopur Halil bu karardaydı? Camgöz Sadık'ı dilediği gibi kullanabilmek için Silo'nun şu sıra boş kahvesini kiralamayı bile göze almıştı ha?

"Cemile'yi bunun için mi göreceksin?"

"Evet. Yuva yıkanın yuvası yıkılır. Günah altında kalamam ben kardeş."

İzzet Usta şöyle bir düşündü: Kızın elinde ne vardı ki? Bütün iş Necati'de bitecekti. En doğrusu, meseleyi Necati'ye açmak, kızı bu yakınlarda çıkması mümkün felaketten kurtarmaktı.

"Cemile'ye bundan bahsetme," dedi.

"Niye?"

Anlattı, uzun uzun anlattı. Karakız'ın aklı yatmıştı.

"Öyleyse gitmeyim?"

"Git git ama, bu meseleden bahsetme."

"Peki."

Ayrıldılar. Karakız işçi mahallelerine giden uzun toprak yolu hızla geçti. Köşeler döndü. Cemilelerin avlusundan içeri girdiği zaman genç kız Musaların merdiveni başında, kanlı elleriyle avlu halkına müjde veriyordu:

"Gözümüz aydın!"

Avlu halkı hemen hep bir ağızdan sordu:

"Nesi oldu?"

"Oğlu, oğlu!"

Merdiveni koşarak indi. Avlunun bir kenarındaki paslı, tulumbaya giderken Karakız'la karşılaştı. Kaşları hemen çatıldı.

Karakız:

"Ellerin niye kanlı, Cemile?"

Cemile cevap vermedi.

Güllü:

"Cemile doğurttu. Ebe oldu artık o!"

"Essahtan mı?"

"Hiçbirimiz cesaret edemedik bacım."

"Ebe yok muydu?"

"Vardı ama, doğuma gitmişti."

Karakız heyecanla mırıldandı:

"Aşkolsun, aşkolsun vallaha!"

Cemile ellerinin kanını yıkamıştı. Yüzüne düşen bir tutam saçı başının sinirli hareketleriyle geriye atıyor, ama saç inat ediyordu.

Az evvel tek başına doğurttuğu kadının, ev sahibi Musa'nın karısının yanına gitmek üzere merdivene hızla yürüdü.

26

Fabrikanın İstanbul ve İzmir'den işçi getireceği haberi mahallede bomba gibi patladı. Olur muydu? Olabilir miydi? Olsa bile öyle büyük şehirlerin "kibar işçileri" bu kadarcık ücretle çalışabilir miydi?

İşlerinden atılanlarınsa ağızlarını bıçak açmıyor, yüzlerinden düşen bin parça oluyordu. Başta Camgöz Sadık'ın dayısı dokuma ustası olmak üzere, iplikhane ustası, usta yardımcıları, düzenciler, kısaca İtalyan mühendise karşı koydukları için işlerinden atılanların tümünün ayakları suya değmiş, tekrardan işe alınmak gibi hafif de olsa bir ümit besleyenlerin son ümitleri de kırılmıştı.

Ustalarla usta yardımcılarını Kadir Ağa zaman zaman üç beş kollamıştı ama, bununla iş bitmemişti. Hepsi evli, çoluk çocuk sahibiydiler. Ağanın sadakaya benzeyen kollamasıyla geçinememişlerdi. Bundan sonraysa üçe beşe de hasret kalacaklar, kara, korkunç bir sefalet başlayacaktı.

Bir gün dokuma ustasının Nazilli mi, Kayseri mi, bir yerdeki fabrikalardan birine ustalık bulup savuştuğu işitildi. Avurtları çökük, gözleri yuvalarına gömülmüş aç insanlara kuvvetli bir yumruk oldu bu.

"Yaa," dendi, demek böyle? Böyleydi, maalesef böyleydi. "Demek atıldık?"

"Hem de it enikleri gibi!"

Kırış kırış yüzler canlanmış, yuvalarına gömülü gözler ateş saçmaya başlamıştı.

Kalın kemikli, iriyarı bir işçi yanardağ gibi gürledi:

"Aldatıldık arkadaşlar!"

İçten, ta içten kopup gelen inancın feryadı cevapladı:

"Aldatıldık!"

"Bunu keselerine koyacak mıyız?"

"Kimin?"

"Bizi aldatanların!"

Hınçlı sesler gittikçe artan bir kinle sağdan soldan cevaplamaya başladı:

"Koymayacağız!"

"Koymayalım!"

"Nasıl koruz? Öldük be!"

"Öldük ki öldük."

Bir kenardan soğukkanlı bir ses sordu:

"Ne yapmak niyetindesiniz?"

İzzet Usta'ydı. Bütün gözler ona döndü. O, sapsarı yüzüyle dimdikti. Sorusuna cevap alamayınca, tekrarladı:

"Ha? Ne yapmak niyetindesiniz?"

Kalın kemikli sert işçi cevapladı:

"Ekmeğimizi elimizden alıp bizi süründürenlerin evlerini başlarına yıkacağız!"

"Kim bunlar?"

"Dokuma ustası, yardımcısı, iplik ustası, düzenciler..."

Kupkuru bir ses, "Camgöz," dedi. "Camgöz'ü unutmayalım!" "Camgöz" sözü son damla oldu. Dayısı basıp gittiyse o vardı. Hem de sefaletleriyle alay edercesine işini yoluna koymuş, kahve açmıştı.

Deminki ses tekrar konuştu:

"Bizi kahvesine sokmuyor, çay içmeyeni kahveden it kovar gibi kovuyor. Ne suçumuz vardı? Çalışıp gidiyorduk. Bizi kışkırttı. Şimdi de..."

Bir başkası:

"Kahveyi nasıl açtı? Parayı kimden buldu?"

"Dayısı vermiştir!"

"Dayısı ha?"

Kalın kemikli işçi oturmakta olduğu tahta sandıktan ayağa fırladı:

"Uzun lafın kısası... Kahvesini başına yıkalım, var mısınız?" Gök gürültüsünü andıran korkunç bir ses kalabalığı İzzet Usta'yı filan silip geçti. Günlerden beri işsiz, sinirleri gergin, gözleri yuvalarına çökmüş aç insanlar, tutulamayan bir öfke kasırgası hâlinde kalın kemikli işçinin peşine düştüler.

Cadde çabucak geçildi. Gittikçe büyüyen bir insan seli yan yatmış, bağdaş kurmuş, diz çökmüş ahşap evlerin aralarındaki eğri sokakları zorlayarak akıyor, akıyordu. Ortalığa bir homurtu hâkimdi. Çok değil, bir hafta sonra yabancı işçiler gelecek, fabrikanın "işçi eksiği"ni fazlasıyla tamamlayacaktı. Ondan sonra ne olacaktı?